大魔法使い
クレストマンシー外伝

魔法がいっぱい

ダイアナ・ウィン・ジョーンズ作
田中薫子・野口絵美 共訳
佐竹美保 絵

［大魔法使いクレストマンシー外伝］

魔法がいっぱい 目次

妖《よう》術《じゅつ》使《つか》いの運命の車……7

キャットとトニーノと魂《たましい》泥《どろ》棒《ぼう》……39

キャロル・オニールの百番目の夢《ゆめ》……129

見えないドラゴンにきけ……169

訳者あとがき……225

世界というのは、ひとつだけではありません。私《わたし》たちの世界のほかにも数えきれないほどたくさんあって、みんなどこかがちがっています。クレストマンシーのいる世界は、私《わたし》たちの世界のすぐ近くにあります。ただ、そこでは、魔法《まほう》が私《わたし》たちにとっての音楽と同じくらいありふれている、というところがいちばんの特徴《とくちょう》です。

ですから、クレストマンシーの世界には、魔法《まほう》を使う人たちがたくさんいます。妖術使《ようじゅつつか》い、魔女《まじょ》、秘術師《ひじゅつし》、呪術師《じゅじゅつし》、魔僧《まそう》、召喚術師《しょうかんじゅつし》、まじない師《し》、魔術師《まじゅつし》、賢者《けんじゃ》、シャーマン、探知能《たんちのう》力者《りょくしゃ》などなど、いちばん能力《のうりょく》の低《ひく》い「免許取得魔女《めんきょしゅとくまじょ》」からいちばん魔力《まりょく》の強い大魔法使《だいまほうつか》いまで、ずらりとそろっているのです。大魔法使《だいまほうつか》いたちは、ほかの「魔法《まほう》の使い手」たちとは種類《しゅるい》のちがうずっと強力な魔法《まほう》が使えるというだけでなく、たいていはふたつ以上《いじょう》の命を持っています。

さて、こんなにたくさんの「魔法《まほう》の使い手」が、各人《かくじん》せっせと魔法《まほう》を使っているのですから、もしだれかが目を光らせていなかったら、魔力《まりょく》を持たない普通《ふつう》の人たちはきっとひどい目にあい、しまいには奴隷《どれい》にされてしまいかねません。そこでその世界の政府《せいふ》が、いちばん魔力《まりょく》の強い、九つもの命を持つ大魔法使《だいまほうつか》いに、魔法《まほう》が悪用されないように監督《かんとく》させています。この大魔法使《だいまほうつか》いの称号《しょうごう》が「クレストマンシー」なのです。クレストマンシーは、強力な魔法《まほう》が使えるだけでなく、何事にも動じない強烈《きょうれつ》な個性《こせい》の持ち主でなくてはつとまりません。

ダイアナ・ウィン・ジョーンズ

妖《よう》術《じゅつ》使《つか》いの運命の車

田中薫子 訳

〈なんでも屋の妖術使《ようじゅっつか》い〉は、生まれつき運のない男だった。持っていた魔力《まりょく》も、最近クレストマンシーにとられてしまい、これまでのように妖術《ようじゅつ》で暮《く》らしをたてることができなくなった。そこで、犯罪《はんざい》で食べていくことにした。自動車が大好きだったので、自動車を盗《ぬす》んで売ろうと思ったのだ。

〈なんでも屋の妖術使《ようじゅっつか》い〉は早速《さっそく》、ウルヴァーコート大通りのわきに停《と》まっていた、ほれぼれするような車に目をつけた。だが、ドアをこじあけようとしていると、ちょうど自転車で通りかかった巡査《じゅんさ》が、何をしている！　という顔でぐんぐん近づいてきた。〈なんでも屋の妖術使《ようじゅっつか》い〉は、あわを食って逃《に》げ出した。

巡査《じゅんさ》は、呼《よ》び子を吹《ふ》き鳴らしながら、スピードを上げてあとを追ってきた。〈なんでも屋の妖《よう》術使《じゅっつか》い〉は手近《てぢか》の塀《へい》をよじのぼって越《こ》え、さらに走った。笛《ふえ》の音《ね》が鳴りひびく中、〈なんでも屋の妖術使《ようじゅっつか》い〉がたどりついたのは、友人の「元・公認魔女《こうにんまじょ》」の家の裏庭《うらにわ》だった。

「おれ、どうしたらいい？」〈なんでも屋の妖術使《ようじゅっつか》い〉は、ハアハアいいながらきいた。

「知るもんかね」元《もと》・公認魔女《こうにんまじょ》が言った。「あたしだってあんた同様、魔法抜《まほうぬ》きでやってくのになれてないんだ。あたしが知ってる中で今でも魔法《まほう》で商売してるやつといったら、シェパーズ・ブッシュ（ロンドン西部の地名）にいるフランス人の魔法使《まほうつか》いくらいさ」

「くわしい住所を教えてくれ」〈なんでも屋の妖術使《ようじゅつつか》い〉が言った。

元《もと》・公認魔女《こうにんまじょ》は、どうでもよさそうな顔つきで、教えてくれた。「でも行ったって、いいことなんかありゃしないよ。ジャン・ピエールのやつはいつだって、とほうもない料金をふっかけるんだ。さあ、あんたのせいで、あたしのとこにまでおまわりが来ないうちに、とっとと行っとくれ」

〈なんでも屋の妖術使《ようじゅつつか》い〉は、魔女《まじょ》の家の表玄関《おもてげんかん》からコヴェン通りに出たが、まだ遠くで笛《ふえ》の音《ね》が甲高《かんだか》く響《ひび》いているのが聞こえて、ぎょっとした。これはぐずぐずしてられないぞ。〈なんでも屋の妖術使《ようじゅつつか》い〉は、すぐ近くにあったおもちゃ屋にとびこみ、なけなしの半クラウン貨をはたいておもちゃのピストルを買うと、それを握《にぎ》りしめ、最初に行きあたった郵便局《ゆうびんきょく》に入っていった。

「命が惜《お》しけりゃ、金をよこせ」〈なんでも屋の妖術使《ようじゅつつか》い〉は、女の郵便局長《ゆうびんきょくちょう》にむかって言った。ひげの濃《こ》い、図体《ずうたい》の大きい若《わか》い男を見て、郵便局長《ゆうびんきょくちょう》は相手が極悪人《ごくあくにん》にちがいないと思いこみ、金庫を開け、中身をすっかり渡《わた》してしまった。

〈なんでも屋の妖術使《ようじゅつつか》い〉は、お金とピストルをポケットにしまい、タクシーを拾うと、はるばるシェパーズ・ブッシュまで走らせた。自家用車を持つのには負けるが、タクシーに乗るってのもいいもんだな、と思いながら。運賃《うんちん》はかなり取られたが、フランス人魔法使《まほうつか》いの事務所《じむしょ》の前におり立《た》ったときには、まだポケットに二百七十三ポンド六シリング四ペンス残っていた。

フランス人魔法使《まほうつか》いは、いかにもフランス人らしく、大げさに肩《かた》をすくめながら言った。

「さてさて、お客様、お望《のぞ》みのことはなんでございましょうか？　私《わたくし》はですね、警察《けいさつ》とやっかいを起こさないようにしておりますのです。どうしてもとおっしゃるなら、それなりのお代《だい》をちょうだいすることになりますが」

「百ポンドはらう。どうにかしておれをかくまってくれ」〈なんでも屋の妖術使《ようじゅつつか》い〉は言った。

ジャン・ピエールは、また肩《かた》をすくめた。「その額《がく》では、お隠《かく》しする方法はふたとおりしかありませんなあ。お客様を丸い石ころに変身させて――」

「そいつはかんべんだ」と、〈なんでも屋の妖術使《ようじゅつつか》い〉。

「――ひきだしにしまっておくのがひとつ。もうひとつは、お客様を、ここととはまったくちがう世界へお送りする、という方法です。お客様が、もう一度魔力《まりょく》をお持ちになれるような世界へお送りすることも――」

「おれが、また魔力《まりょく》を？」〈なんでも屋の妖術使《ようじゅつつか》い〉は、思わずすっとんきょうな声をあげた。

「――できますが、そちらをご希望の場合には、お代は倍、いただくことになります。ええ、もちろん、また魔力《まりょく》はお持ちになれますとも。クレストマンシーの力がおよばない世界へ行きさえすればよろしいのです。あの男だって、万能《ばんのう》ってわけではありませんから」

「それなら、どこかそういう世界へ送ってもらおう」と、〈なんでも屋の妖術使《ようじゅつつか》い〉は言った。

「かしこまりました」ジャン・ピエールは、気のないようすでトランプをひと組取りあげると、扇形《おうぎがた》に広げた。「一枚《まい》おひきください。そのカードによって、お客様のひげの濃《こ》いおあごを拝《おが》む世界が決まります」

〈なんでも屋の妖術使《ようじゅつつか》い〉は一枚《まい》ひこうと手をのばした。と、ジャン・ピエールはトランプを遠ざけ、つけくわえた。「どこの世界においでになるにしても、通貨は、この世界のポンド紙幣《しへい》やシリング貨、ペンス貨とは全然ちがうものになります。ですから、今お持ちのお金は全部、私《わたくし》にお渡《わた》しになった方がよろしいですよ」

そこで、〈なんでも屋の妖術使《ようじゅつつか》い〉は、二百七十三ポンド六シリング四ペンスをそっくりジャン・ピエールに渡《わた》し、カードをひかせてもらった。

クラブの十だ。悪いカードじゃないぞ。運勢鑑定士《うんせいかんていし》じゃなくたって、クラブの十というカードには、「だれかがだれかをいじめる」という意味があることぐらい知っている。おれがいじめる方になってやる、と考えながら、〈なんでも屋の妖術使《ようじゅつつか》い〉はカードを返した。

するとジャン・ピエールは、トランプを全部、表が見えるようにしてテーブルの上にぽいっと放《ほう》った。実はどのカードもみんなクラブの十だったんだ——と気づいたときにはもう、〈なんでも屋の妖術使《ようじゅつつか》い〉は異世界に来ていた。

どうやらここも、シェパーズ・ブッシュというところらしい。立っていたのは、広い道路のわきの、自動車を停《と》めておく場所らしきところだ。見たこともないほどたくさんの車が、広い道路をびゅんびゅん走っていく。トラックもまじっているし、ばかでかい赤いバスもちらほら見えた。自分のまわりじゅうにも、車がずらりと停《と》まっている。こりゃあ、いい世界だ！

〈なんでも屋の妖術使《ようじゅつつか》い〉は、大好きなガソリンのにおいをふんふんと吸いこみ、いちばん近くに停《と》まっていた車に近づいた。車のしくみはどうなっているんだろう。外見は、ウルヴァーコートで盗《ぬす》もうとしたのとは、ずいぶんちがっている。ためしにボンネットの上で、魔法《まほう》の手ぶりをしてみた。うれしいことに、ボンネットはすぐにぱかっと数センチほど上に開いた。フランス人の魔法使《まほうつか》いが言ったことは、うそではなかった。魔力《まりょく》が戻《もど》っている。

ところが、ボンネットをさらに持ちあげて、中身を調《しら》べようとしたとき、制服《せいふく》を着た大柄《おおがら》な女の人が目に入った。黄色い線がぐるっとついた帽子《ぼうし》をかぶっていて、何か言いたそうな顔で、こっちへずんずん近よってくる。女の警官《けいかん》にちがいない。

でも、また魔法《まほう》が使えるようになった〈なんでも屋の妖術使《ようじゅつつか》い〉は、今度はあわてたりしなかった。ただボンネットから手を放《はな》し、さりげないようすでぶらぶら車から離《はな》れてみた。すると意外にも、女の警官《けいかん》はあとを追ってこなかった。さげすむような目でこっちを見ると、何かメモみたいなものを、車のワイパーとフロントガラスのあいだにはさんだだけだった。

それでもこのまま歩きつづけるに越《こ》したことはない、と〈なんでも屋の妖術使《ようじゅつつか》い〉は考え、ずっと車ばかり見ながら歩いていった。が、べつの通りに入ったところでふと顔を上げると、目の前に堂々とした大理石の建物があった。豪華《ごうか》な金文字で、『都市銀行』と書いてある。そうだ、車を手に入れるなら、現物《げんぶつ》を盗《ぬす》むよりうまい方法があるじゃないか。ここで銀行を襲《おそ》えば、自分の車が買えるぞ。そこで、〈なんでも屋の妖術使《ようじゅつつか》い〉はポケットからおもちゃのピストルを取り出すと、りっぱな扉《とびら》を開け、入っていった。

中は静まり返っていて、上品で落ち着いた雰囲気《ふんいき》だった。かなりたくさんの人が窓口《まどぐち》にならんだり、奥《おく》の方で歩きまわったりしていたが、〈なんでも屋の妖術使《ようじゅつつか》い〉がピストルをゆらゆらさせながら落ち着かないようすで立っているのに気づく人は、一人もいない。しかたなく、〈なんでも屋の妖術使《ようじゅつつか》い〉は入口近くの窓口《まどぐち》にならんでいる人々を押《お》しのけて進み、ガラスのむこうにいる女の人にピストルをむけて言った。

「命が惜《お》しけりゃ、金をよこせ」

人々はやっと、〈なんでも屋の妖術使《ようじゅつつか》い〉に気づいた。だれかが悲鳴《ひめい》をあげた。ガラスのむこうの女の人は青くなり、現金《げんきん》の入っているひきだしのそばにあるボタンに、親指をのせた。そして、「い……いくらご入り用ですか？」と口ごもりながらきいた。

「ありったけだ。早くしろ」〈なんでも屋の妖術使《ようじゅつつか》い〉はそう言ってしまってから、ちょっとよくばりすぎだったかな、と思った。でも、本当にあっさりうまくいきそうだ。ガラスばりのカウンターのむこうにいる人々も、こちら側の客たちも、ピストルを怖《こわ》がって凍《こお》りついたように立ちつくし、じっとこっちを見ているだけだ。窓口《まどぐち》の女の人は、すぐにひきだしを開け、五ポンド紙《し》幣《へい》の札束《さつたば》を次々に出しはじめた。ひどくうろたえているせいか、手つきがぎこちない。

そのあいだに、銀行の入口の扉《とびら》が開いて、だれかが入ってきた。〈なんでも屋の妖術使《ようじゅつつか》い〉は肩《かた》ごしにちらっと目をやったが、なんのことはない、ピンストライプのスーツを着た小男だった。ほかの人たちと同じように、ただじっとこっちを見ているだけのようだ。が、女の人が最初の札束の山を〈なんでも屋の妖術使《ようじゅつつか》い〉に渡《わた》そうとした瞬間《しゅんかん》、この小男がものすごく大きな声で叫《さけ》んだのだ。

「よしたまえ！　こいつはふざけてるだけだ。ピストルはおもちゃだぞ！」

とたんに、近くにいた人たちがこぞって、〈なんでも屋の妖術使《ようじゅつつか》い〉にかかってきた。三人の男の人が、とびついてつかまえようとし、年よりの女の人は、ハンドバッグをぶんとふりまわして〈なんでも屋の妖術使《ようじゅつつか》い〉の頭をひっぱたくと、叫《さけ》んだ。「これでも食らえ、泥棒《どろぼう》め！」

ベルが大音声《だいおんじょう》で鳴りはじめた。さらに追い討《う》ちをかけるように、外からはウーウーいうとてつもなく大きな音が聞こえてきた。音は、どんどん近づいてくる。

「ほら、警察《けいさつ》が来たよ！」と年よりの女の人がわめき、また襲《おそ》いかかってきた。

〈なんでも屋の妖術使《ようじゅつつか》い〉は、きびすを返して走りだした。だれもかれもが行く手をはばみ、邪魔《じゃま》をしようとする。最後に立ちはだかったのは、ピンストライプのスーツを着た例の小男で、〈なんでも屋の妖術使《ようじゅつつか》い〉のそでをつかむと言った。「ちょっと待ちたまえ――」

すっかりやけになった〈なんでも屋の妖術使《ようじゅつつか》い〉は、おもちゃのピストルのひき金《がね》をひいた。ぴゅーっ、と水が出て、小男の片目《かため》にあたり、ぱりっとしたスーツにもたっぷりかかった。小男は思わず腰《こし》をひき、つかんでいたそでを放《はな》した。

〈なんでも屋の妖術使《ようじゅつつか》い〉は、銀行からとびだした。外に出ると、ウーウーいう音は、さらにすさまじかった。屋根の上で青い光をちかちかさせた白い車がすっとんでくる。車体には『警察《けいさつ》』と書いてある。

道路わきに、警察《けいさつ》の車とは反対むきに、なかなかいい車が停《と》めてあった。大きくて、ぴかぴかにみがかれていて、いかにも高級そうな車だ。なんでこんなに早く警察《けいさつ》が来るんだ、とすっかりうろたえていた〈なんでも屋の妖術使《ようじゅつつか》い〉だったが、この車を見のがしはしなかった。キキーッという音をたてて警察《けいさつ》の車が停《と》まり、警官《けいかん》たちがとびだしてきたとき、〈なんでも屋の妖術《ようじゅつ》使《つか》い〉は高級車のドアをばっと開け、運転席にとび乗ると、魔法《まほう》をやみくもに使って、車を発進させた。

うしろでは、警官《けいかん》たちが大あわてでまた車に乗りこみ、キキキーッと音をたててUターン《ユー》をすると、高級車を追いはじめたようだ。フロントガラスの上に取りつけられていた小さな鏡（なんて便利なものだろう）をのぞいたら、うしろのようすが見えたのだ。〈なんでも屋の妖術使《ようじゅつつか》い〉は、高級車をあやつってさっと角を曲がり、追っ手をまこうとした。

だが警察《けいさつ》の車は、しっかりあとをついてきた。〈なんでも屋の妖術使《ようじゅつつか》い〉はタイヤをきしらせながらまた角を曲がり、さらにまた曲がった。それでも、警察《けいさつ》の車はヒルが吸《す》いつくようにぴったりとついてくる。

車を動かすのに魔力《まりょく》を全部つぎこんでいた〈なんでも屋の妖術使《ようじゅつつか》い〉も、これはちょっと魔《ま》力《りょく》をさいて、車の見た目を変えた方がいいぞ、と思いついた。そこで、またもやタイヤをきしらせてもうひとつ角を曲がり、最初にいた大通りに突入《とつにゅう》しながら、魔力《まりょく》をふりしぼって車体をはでなピンク色に変えた。すると、警察《けいさつ》の車が轟音《ごうおん》をたてて追《お》いこし、はるか先へ行ってしまったので、ほっとした。

〈なんでも屋の妖術使《ようじゅつつか》い〉は、少し気が楽になった。いい車が手に入ったし、しばらくは安全のようだ。今のうちに、車を魔法《まほう》じゃなく、ちゃんとしたやり方で動かすことを覚えなくては。だが、車の運転には動かし方以外にも、〈なんでも屋の妖術使《ようじゅつつか》い〉が想像《そうぞう》もしなかったありとあらゆる決まりがあるらしい、ということもじきにわかってきた。

たとえば、車は全部、道路の左側だけを走っているようだ。自分だけ右側を走っていると、むこうから車を運転してくる人々は、この大きなピンク色の車を見て、かんかんになるらしい。それに、通りによっては、車という車がこっちにむかってくるところもあった。そういう通りでは、運転している連中が、〈なんでも屋の妖術使《ようじゅつつか》い〉にむかって拳《こぶし》をふりかざし、指をさしたり、うるさい音を鳴らしたりした。さらには、十字路に明かりが取りつけられているところもあり、その色が赤いときに突《つ》っ切《き》ると、決まって大さわぎになった。

〈なんでも屋の妖術使《ようじゅつつか》い〉は頭がいい方ではなかったが、それでも、ピンク色の車なんてそうあるものじゃない、ということには、すぐに気がついた。あらゆる決まりを破《やぶ》り放題《ほうだい》のピンク色の車では、目立ってしまうことまちがいなしだ。そこで、車をひたすら走らせ、正しい運転のしかたを落ち着いて調《しら》べられそうな静かな通りを探《さが》す一方で、まわりの車を見ながら、人目をあざむくほかの手を考えた。と、どの車も、前とうしろに、文字と数字が書いてあるプレートをつけているのに気づいた。おかげで、楽な方法を思いついた。

〈なんでも屋の妖術使《ようじゅつつか》い〉は、自分の車の前のプレートを、WW100に変え、うしろのは、XYZ123にした。それから、車体の色をもとどおりつやのあるきれいなグレーにすると、落ち着いて運転を続けた。

やがて、人けのない家が立ちならぶ細い通りばかりがあるところを見つけた。もともと、魔《ま》力《りょく》があまりある方ではなかったうえに、しばらく使ってもいなかった〈なんでも屋の妖術使《ようじゅつつか》い〉は、もうだいぶ疲《つか》れていたので、ああよかった、と思いながら車を停《と》めた。それから、普通《ふつう》のやり方でエンジンを動かすスイッチはどれだろう、と探《さが》しはじめた。

スイッチはいくつもならんでいたが、どれも探《さが》しているものではないようだ。あるスイッチを押《お》すと水が吹《ふ》き出し、フロントガラス一面がびしょぬれになった。べつのをいじると、左右のウィンドウがいっせいに開きはじめ、しめった空気がひゅるひゅると入ってきた。またべつのにさわると、車の前を照《て》らす光がついた。さらにちがうのを押《お》したら、パーッとばかでかい音が鳴りひびいた。〈なんでも屋の妖術使《ようじゅつつか》い〉は、ぎょっとした。やばい、人目をひいちまう！

おかげですっかりうろたえてしまったせいか、首のあたりがかあっと熱くなったと思ったら、ぞっと寒くなった。特に、首のうしろの真ん中、えりのすぐ上のところがぞわぞわとした。そこで、またもやべつのスイッチを押《お》してみた。今度は音楽が流れてきた。となりのスイッチを入れると、人の声が聞こえはじめた。

「以上……そうだ。ピンクだ。いつのまに塗《ぬ》りかえたんだろうな。だが、まちがいなく、やつだ……」

〈なんでも屋の妖術使《ようじゅつつか》い〉は、ますますうろたえてしまった。自分でも気づかないうちに魔力《まりょく》を使って、警察《けいさつ》の話を盗《ぬす》み聞きしちまったらしいぞ。おまけに、やつらはまだ、おれのことを追っているらしい。動転《どうてん》して、またしてもべつのスイッチをいじったら、フロントガラスの上でワイパーが激《はげ》しく動きはじめ、最初にさわったスイッチのせいでガラスに吹《ふ》きかけられた水をぬぐっていった。

「なんだ、こりゃ！」〈なんでも屋の妖術使《ようじゅつつか》い〉はいらいらしながら片手《かたて》をあげ、首のうしろのぞわぞわするところをこすろうとした……

と、そこには、長っぽそくてあたたかい、毛が生えた鼻づらのようなものがくっついていた。なんの鼻づらだかはわからないが、はらいのけようとしても動かない。「ガルルル」と太く低いうなり声があがり、くさくて生あたたかい空気がどっと押《お》しよせてきた。

〈なんでも屋の妖術使い《ようじゅつつか》〉はあわてて手をひっこめ、恐《おそ》ろしさのあまり、またべつのスイッチを押《お》してしまった。すると、すわっていた座席《ざせき》の背《せ》がゆっくりとうしろに倒《たお》れていき、あおむけに横たわるはめになった。

見あげると、すぐ上に大きなイヌの顔があった。こんな大きなイヌは、今まで見たこともない。コショウの色のばかでかいイヌで、体に見あう大きさの、巨大《きょだい》な白い牙《きば》もついている。車と一緒《いっしょ》に、イヌも盗《ぬす》んでしまったというわけだ。

「ガルルル」イヌはふたたびうなりながら、巨大《きょだい》な頭を〈なんでも屋の妖術使《ようじゅつつか》い〉の上から近づけてきた。〈なんでも屋の妖術使《ようじゅつつか》い〉の頭蓋骨《ずがいこつ》が、道路工事のドリルをあてられたみたいにびりびりふるえた。イヌは、フンッフンッ、と大きな音をたてて、〈なんでも屋の妖術使《ようじゅつつか》い〉の顔のにおいを嗅《か》いでいる。

「どけよ」〈なんでも屋の妖術使《ようじゅつつか》い〉は、びくびくしながら言った。

さらに悪いことが続いた。後部座席《こうぶざせき》の巨大《きょだい》なイヌの横で、何かがむっくり起きあがった。不機《ふき》嫌《げん》そうな甲高《かんだか》い声が響《ひび》いた。

「どうして停《と》まったの、パパ？」

「なんてこった！」と、〈なんでも屋の妖術使《ようじゅつつか》い〉。大きなイヌの顔の下で、そっと横目を使ってみると、後部座席《こうぶざせき》のイヌのとなりには、思ったとおり子どもがいた。赤毛のまだ小さな子どもで、眠《ねむ》たそうな顔はよだれで濡《ぬ》れていた。

「パパじゃないじゃない」子どもが責《せ》めるような口調《くちょう》で言った。

〈なんでも屋の妖術使《ようじゅつつか》い〉は、わりと子ども好きな方だったが、この子どもはどうにかしてやっかいばらいしなくては、と思った。車ばかりか、イヌも子どもも盗《ぬす》んだというのでは、つかまったら一生、牢《ろう》の中だろう。子どもをさらうというのは、ひどく嫌《きら》われる行為《こうい》なのだ。

〈なんでも屋の妖術使《ようじゅつつか》い〉は、うしろに倒《たお》れたまま必死で手をのばし、手あたりしだいにスイッチを押《お》した。明かりがつき、ワイパーがぶんっと動いて止まり、音声が流れ、パーッとうるさい音が鳴った。それからやっと、正しいスイッチを押《お》すことができたらしく、座席《ざせき》の背《せ》がゆるやかに起きあがった。そこで、魔法《まほう》を使って片方のうしろのドアを勢《いきお》いよく開けた。

「出ろ。どっちもだ。外に出て、待ってろ。そうすりゃ、パパが見つけてくれる」

イヌと子どもは横をむき、開いたドアをじっと見つめた。それからまた、〈なんでも屋の妖術《ようじゅつ》使《つか》い〉の方をむいた。とまどっているようだが、少し怒《おこ》ってもいるらしい。そりゃそうだ。だって、この車はこいつらのものなんだから。

そこで〈なんでも屋の妖術使《ようじゅつつか》い〉は、ちょっと機嫌《きげん》をとってみることにした。「さあ、出て。いいイヌだね。頼《たの》むよ、ぼくちゃん」

「ガルルル」とイヌがうなり、子どもは、「ぼくちゃんじゃないもん、わたし」と言った。

「イヌのことを言ったんだ」〈なんでも屋の妖術使《ようじゅつつか》い〉はあわてて言った。すると、イヌのうなり声がひときわ大きくなり、そのせいで車全体ががたがたゆれた。たぶん、イヌの方もぼくちゃんではないのだろう。

〈なんでも屋の妖術使《ようじゅつつか》い〉は、自分の負けをさとった。惜《お》しいなあ、こんなにいい車なのに。だが、ここの世界には車なんて山ほどあるんだから、またいつでも盗《ぬす》めるじゃないか。次こそは、だれも乗ってないことをたしかめなくちゃならないが……。〈なんでも屋の妖術使《ようじゅつつか》い〉は、うしろのドアを魔法《まほう》でバタンと閉《し》め、続いて自分の横のドアを普通《ふつう》のやり方で開けようとした。

だが、イヌの動きの方が早かった。ドアを開けるレバーに手が届《とど》くより早く、イヌの大きな歯が、上着の布《ぬの》を突《つ》き破《やぶ》って肩《かた》にがっしりと食いついた。皮膚《ひふ》に歯が食いこんでくるのがわかる。しかも、イヌはいっそう激《はげ》しくうなりだした。

「放《はな》せ」〈なんでも屋の妖術使《ようじゅつつか》い〉はじっとすわったまま、こんなことを言ってもだめだろうな、と思いながらも言ってみた。

「もっと運転して」子どもが命令した。

「なぜだ?」

「ドライブが好きだから。運転してくれたら、タウザーもかむのやめるよ」

「発進のしかたがわからない」〈なんでも屋の妖術使《ようじゅつつか》い〉は、ぶすっとして言った。

「うそ。パパは、そこの鍵《かぎ》をまわして、それから、そっちのペダルを両方踏《ふ》んでるよ」

タウザーが、そのとおりだ、というようにまたうなり声をあげ、歯をさらにもう少し食いこませた。このイヌは、子どもが言うことをすべてあと押《お》しするのが自分の役目だと、心得《こころえ》ているら

しい。〈なんでも屋の妖術使《ようじゅつつか》い〉は牢《ろう》で暮《く》らすことになる長い年月を思い、ため息をついた。でも、鍵《かぎ》と、ペダルがふたつある場所は探《さぐ》りあてた。鍵《かぎ》をひねり、両方のペダルを踏《ふ》んだ。エンジンがブンブンいいはじめた。

ところがそのとき、またべつの声が聞こえてきた。「シートベルトをしめ忘《わす》れています。しめませんと、発進できません」

〈なんでも屋の妖術使《ようじゅつつか》い〉は、災難《さいなん》はやっと始まったばかりなのだ、とさとった。今度は車にいじめられるのか。シートベルトとやらいうものがどこにあるのか、さっぱりわからなかったが、ずらりとならんだ白い牙《きば》が肩《かた》に食いついていると、意外なことができるようになるものだ。〈なんでも屋の妖術使《ようじゅつつか》い〉はシートベルトを見つけ、ちゃんとしめた。レバーを見つけ、『前進』と書いてある方へ押《お》した。ペダルを両方踏《ふ》んだ。エンジンが轟音《ごうおん》をたてたが、それっきり何も起こらなかった。

「ガソリンのむだ使いです」車が冷たい声で教えてくれた。「ハンドブレーキをゆるめてください。ゆるめませんと……」

〈なんでも屋の妖術使《ようじゅつつか》い〉は、下の方から突《つ》き出ている棒《ぼう》みたいなものを見つけ、前に押《お》してみた。棒《ぼう》はワニの口が閉《と》じるみたいにバチンとおり、車が、がくっとゆれた。

「ガソリンのむだ使いです」車はうんざりしたような声で言った。「フットブレーキをゆるめてください。ゆるめませんと……」

さいわいにも、左肩《ひだりかた》の方でタウザーが、車の声をしのぐほどうるさくうなっていたおかげで、〈なんでも屋の妖術使《ようじゅつつか》い〉は左足のペダルを先に放《はな》した。車は猛《もう》スピードで、道路を走りだした。

「ガソリンのむだ使いです」車がさらに言った。

「うるさい」〈なんでも屋の妖術使《ようじゅつつか》い〉は言い返した。だが、車は同じ文句《もんく》をえんえんとくり返している。しばらくしてやっと、だまらせるには、右側のペダルを力いっぱい踏《ふ》まないようにすればいい、とわかった。

一方、タウザーは車が動きだすとすぐに満足したらしく、かむのをやめたが、ずっと後部座席《こうぶざせき》から〈なんでも屋の妖術使《ようじゅつつか》い〉にのしかかっていた。子どもの方はすわったまま、「ドライブ、ドライブ、どんどん進めー」とさかんにはやしていた。

〈なんでも屋の妖術使《ようじゅつつか》い〉は、そのまま運転を続けた。そうするしかなかった。子どもとタウザーのような巨大なイヌと車が、みんなぐるになって運転させようとするんだから。車の運転がむずかしくないのは救いだった。ペダルを踏《ふ》みこみすぎないようにしながら、なるべくすいていそうな通りへ曲がればいいだけだ。ものを考える余裕《よゆう》も出てきた。イヌの名前はもうわかっている。これで、子どもの名前もわかれば、両方に魔法《まほう》をかけられる。おれを自由にさせる魔法《まほう》を。

「名前はなんていうんだ?」片側《かたがわ》だけでも車三台がならんで走れそうな、広いまっすぐな通りへ曲がりながら、〈なんでも屋の妖術使《ようじゅつつか》い〉はきいてみた。

「ジェマイマ・ジェーン。ドライブ、ドライブ、どんどん進めー」と、子ども。

〈なんでも屋の妖術使《ようじゅつつか》い〉は運転を続けながら、呪文《じゅもん》をつぶやきだした。だが唱《とな》えている最中《さいちゅう》に、タウザーが優雅《ゆうが》なジャンプを見せて横の助手席にさっととび移り、堂々とした態度《たいど》で腰《こし》を落ち着けて、前方の道路をじっと見つめはじめた。こいつ、ライオンみたいにでかいじゃないか！〈なんでも屋の妖術使《ようじゅつつか》い〉はなるべくイヌから離《はな》れようと身をよじりながら、大急ぎで呪文《じゅもん》を唱《とな》え終えた。

「ガソリンのむだ使いです」と、車が言った。

そんなこんなで、どうやら呪文《じゅもん》をまちがえたらしい。結果は――タウザーが透明《とうめい》になってしまっただけ。

とたんに、キャア、という声が後部座席《こうぶざせき》からあがった。「タウザー、どこ？」助手席のぽっかりあいた空間から、恐《おそ》ろしいうなり声がした。歯がどこにあるかだって、さっぱりわからない。〈なんでも屋の妖術使《ようじゅつつか》い〉は、あわてて取り消しの呪文《じゅもん》を唱《とな》えた。となりからぬーっと、タウザーが現《あらわ》れた。とがめるような目つきをしている。

「もうこんなこと、しちゃだめよ！」ジェマイマ・ジェーンが言った。

「みんなで車をおりて、歩いてもいいっていうなら、しないさ」〈なんでも屋の妖術使《ようじゅつつか》い〉は、抜《ぬ》け目なく言ってみた。

でも、返事はない。聞こえてくるのはうなり声だけだ。そこで、ひとまずは運転を続けることにした。道路わきにはもう家は一軒《いっけん》もなく、林や野原が広がっていて、たまに牛がちらほら見える。道路ははるかかなたまで、ずっとのびている。前にWW100、うしろにXYZ123というプレートのついたグレーの高級車は、それから一時間近く、すいすいと走りつづけた。太陽は雲を血のように赤く染《そ》めながら、なだらかな緑の丘《おか》のむこうへと沈《しず》みはじめた。

「なんか、食べたい」ジェマイマ・ジェーンが大声で言った。「食べたい」という言葉を耳にしたとたん、タウザーも大きく口を開け、ぼたぼたよだれをたらしはじめたと思うと、考えこむような顔で〈なんでも屋の妖術使《ようじゅつつか》い〉を見た。おれの体のどこを食ったらいちばんうまいか、考えているにちがいない！

「タウザーも、おなかすいたって」と、ジェマイマ・ジェーン。

〈なんでも屋の妖術使《ようじゅつつか》い〉は、タウザーの巨大《きょだい》なピンク色の舌《した》が大きな白い牙《きば》のあいだからだらんと出ているのを横目で見て、「次に食えるところが見えたら、停《と》まるよ」と請《う》けあった。よし、車を停《と》められたら、こいつらはもちろん、車もまいて逃《に》げてやるぞ。おれが透明《とうめい》になれば、イヌに見つからずに……

ようやく、運がむいてきたようだ。ちょうどそのとき、『ハーベリー・サービスエリア』という大きな青い看板《かんばん》が見えてきたのだ。文字の下には、ナイフとフォークの絵がある。〈なんでも屋の妖術使《ようじゅつつか》い〉は、タイヤをきしらせ、そちらへ曲がった。

「ガソリンのむだ使いです」車が文句《もんく》を言った。

だが〈なんでも屋の妖術使《ようじゅつつか》い〉は、車の言うことになんか耳を貸《か》さなかった。ほかの車がたくさん停《と》まっているところでがくんと停車すると、自分の体を透明《とうめい》にし、車からとびだそうとした。ところがどっこい、シートベルトのことを忘《わす》れていた。もたもたしているうちに、タウザーが上着の上から腕《うで》にかみついてきて、たったそれだけのことで、タウザーまでもが透明《とうめい》になってしまった。「ハンドブレーキをかけ忘《わす》れています」車が言った。

「なんてこった！」〈なんでも屋の妖術使《ようじゅつつか》い〉はすっかりみじめな気持ちになって、うなった。なんとかハンドブレーキをかけたが、タウザーの見えない牙《きば》が腕《うで》にがっぷり食いこんだままでブレーキレバーをひくのは、たいへんだった。

「いっぱいいっぱい持ってきて」ジェマイマ・ジェーンは、〈なんでも屋の妖術使《ようじゅつつか》い〉とタウザーの姿《すがた》がそろって見えなくなったのに、ちっともあわてていないようだ。「タウザー、アイスクリームは、ぜったい持ってこさせてね」

〈なんでも屋の妖術使《ようじゅつつか》い〉は、透明《とうめい》なタウザーをひきずって、よたよたと車をおりた。それでも、また少し悪知恵《わるぢえ》を働かせ、「一緒《いっしょ》に来て、どのアイスクリームがいいか、自分で選びな」と、子どもに声をかけた。駐車場《ちゅうしゃじょう》にいた何人かの人が、今の声の主《ぬし》はどこにいるんだ、とあたりをきょろきょろ見まわした。

「車の中にいる。疲《つか》れちゃったもん」ジェマイマ・ジェーンは、すねはじめた。

腕《うで》に食いついている見えない歯が、ぶるるっとふるえた。見えないよだれが、手の方まで伝《つた》ってくる。

「わかった、わかった」〈なんでも屋の妖術使《ようじゅつつか》い〉は、カフェテリアにむかって歩きだした。四本の見えない脚《あし》が、ドスン、ドスン、とついてきた。

そろって透明《とうめい》になっていて、よかったのかもしれない。入口のところに、『イヌおことわり』という大きな看板《かんばん》があったし、〈なんでも屋の妖術使《ようじゅつつか》い〉は、結局金を手に入れていなかったからだ。そこで、長いカウンターがあるところへ行くと、タウザーがやっと放《はな》してくれた手で、パイやスコーンを次々に取り、取ったものも透明《とうめい》になるように、ポケットの中へつっこんでいった。

だが、次にデニッシュペストリーを取ったとき、だれかが宙《ちゅう》に浮《う》かんだペストリーを指さして叫《さけ》んだ。「見て！　幽霊《ゆうれい》よ！」同時に、カウンターのずっと先の方からも、悲鳴《ひめい》がいくつも聞こえてきた。

見ると、とても大きなチョコレートケーキが、大人の胸《むね》の高さあたりに浮《う》かんだまま、食堂エリアをひょいひょい横切っていく。イヌの鼻先ほどの大きさだけ、ケーキの一部が欠けて見えた。タウザーも、自分の好きなものをいただいたようだ。まわりの人々は、口々にわめきながらあとずさった。ケーキは急にスピードを上げ、ガラスのドアにべちゃっ、とぶつかったあと、ふらふらと外へ出ていった。

そのとたん、だれかが、〈なんでも屋の妖術使《ようじゅつつか》い〉が持っていたデニッシュペストリーをひったくった。

取ったのはレジ係の女の子だった。幽霊《ゆうれい》など怖《こわ》くないらしい。「あんた、透明人間《とうめいにんげん》かなんかでしょ。返してもらうわ」

〈なんでも屋の妖術使《ようじゅつつか》い〉は、またすっかりうろたえてしまい、ケーキのあとを追って逃《に》げ出した。外へ出たら、高級車を停《と》めたのとは正反対の方向へ、全速力で逃《に》げるぞ……。

ところが、ガラスのドアを押《お》して出たとたん、地べたでケーキが待っているのが目に入った。警告《けいこく》するようなうなり声がして、手に熱い息がかかる。ケーキを拾って一緒《いっしょ》に来い、という意味なのだろう。さらに、念を入れるように、ズボンの上から脚《あし》に歯が食いこんできた。みじめな気分で、〈なんでも屋の妖術使《ようじゅつつか》い〉はイヌにしたがった。

「ねえ、アイスクリームは？」ありがとうのひとこともなく、ジェマイマ・ジェーンがきいた。

「なかった」タウザーに車に押《お》しこまれながら、〈なんでも屋の妖術使《ようじゅつつか》い〉は答えた。そして、ケーキとスコーン全部とポークパイをひとつ、後部座席《こうぶざせき》へ放《ほう》った。「ありがたく食え」

「なんでありがたいの？」と、ジェマイマ・ジェーン。

〈なんでも屋の妖術使《ようじゅつつか》い〉は、もうあれこれ言う気をなくした。自分の姿《すがた》をまた見えるようにすると、運転席にすわって、もうひとつのポークパイを食べはじめた。ときおり、タウザーがうしろからふんふん鼻をよせてくるのが感じられた。逃《に》げ出さないか、気をつけているらしい。その合間には、食べているらしい音が聞こえる。イヌのたてるムシャムシャいう音のすさまじいことといったら。こいつがまだ透明《とうめい》でよかった。いや、本当に今も透明《とうめい》なのか？〈なんでも屋の妖術使《ようじゅつつか》い〉はふり返ってみた。

タウザーは、もうちゃんと見えるようになっていた。後部座席《こうぶざせき》にでかでかとすわって、巨大《きょだい》な口のまわりをなめまわしている。その横で、ジェマイマ・ジェーンはというと……〈なんでも屋の妖術使い《ようじゅつつか》〉は、思わず目をそむけた。チョコレートまみれだ。口から服の前にかけてチョコレートの川ができ、泥《どろ》のかたまりのようなチョコレートが、赤い巻《ま》き毛にもべたべたとくっついている。

「ねえ、なんでもっとドライブしないの？」ジェマイマ・ジェーンがせがんだ。そうだそうだ、といわんばかりに、タウザーがすぐさま巨大《きょだい》な足をふんばって、むくっと起きあがった。

「わかってる、わかってる！」〈なんでも屋の妖術使い《ようじゅつつか》〉は、あわててエンジンをかけた。

「シートベルトをしめ忘《わす》れています」車がうるさいことを言う。しかも、動きだすと、さらにこんなことまでつけくわえた。「法定点灯時間《ほうていてんとうじかん》（日没から夜明けまでの時間はヘッドライトの点灯が義務づけられている）です。ヘッドライトをつけましょう」

〈なんでも屋の妖術使い《ようじゅつつか》〉はスイッチを押《お》しまくった。ワイパーが動きだし、ウィンドウが開き、音楽が鳴ったあと、やっとライトがついた。〈なんでも屋の妖術使い《ようじゅつつか》〉は、車もイヌも子どもも大っ嫌《きら》いだ、と思いながら、車をまた広い道路へ出し、走らせつづけた。

ジェマイマ・ジェーンが、運転席のうしろの席の上に立ちあがった。ケーキを食べたおかげですっかり元気になってしまったらしく、おしゃべりがしたくてたまらないようすだ。よろけないよう、チョコレートでべたべたの手で〈なんでも屋の妖術使い《ようじゅつつか》〉の片耳《かたみみ》をつかみ、もう一方の耳にむかって、ケーキの甘《あま》ったるいにおいがぷんぷんする息を吐《は》きながら、次から次へと質問《しつもん》しはじめた。

「なんで、うちの車をとったの？　あごのとこがじょりじょりしてるのは、どうして？　なんでお鼻をつかむといやがるの？　なんでいやなにおいなの？　これからどこに行くの？　朝までずっとドライブ？」……といったことを、ほかにもたっぷり。〈なんでも屋の妖術使《ようじゅつつか》い〉は、どの質問《しつもん》にもきちんと答えないわけにはいかなかった。答えないでいると、ジェマイマ・ジェーンが髪《かみ》をひっぱったり、耳をひねったり、鼻をつかんだりするからだ。答えたとしても、気に入ってもらえないと、タウザーがうなりながらむっくり起きあがる。そうすると大急ぎで、もっとましな答えを考えなければならないのだ。じきに〈なんでも屋の妖術使《ようじゅつつか》い〉は、ジェマイマ・ジェーン同様、チョコレートまみれになってしまった。これより不幸な気分ってないぞ、と〈な

んでも屋の妖術使い《ようじゅっつか》〉は思った。

ところが、それはまちがいだった。ふいにタウザーががばっと立ちあがり、妙《みょう》な声をあげながら、後部座席《こうぶざせき》をうろうろしはじめた。

「タウザー、吐《は》きそう」と、ジェマイマ・ジェーン。

〈なんでも屋の妖術使い《ようじゅっつか》〉は、舗装《ほそう》された路肩《ろかた》に車をキキーッと停《と》め、ドアを四つとも思いっきり開いた。タウザーも車をおりないわけにはいかないだろう。そうしたら、すぐに発進してやる。イヌは道ばたに置きざりだ。

そう考えたとたん、タウザーが体の上にどさりとのっかってきた。そして、〈なんでも屋の妖《よう》術使い《じゅっつか》〉の上にのったまま、高速道路のはしに、食べたケーキを吐《は》きだした。

すっかり吐《は》いてしまうまでには、ずいぶんかかった。〈なんでも屋の妖術使い《ようじゅっつか》〉は下敷《したじ》きになったまま、考えていた――こいつ、ほんとに牛なみに重いんじゃないか。それとも、おれの気のせいか？

タウザーがやっと吐《は》き終えると、ジェマイマ・ジェーンが言った。「じゃあ、ドライブね。どんどん進めー」

〈なんでも屋の妖術使い《ようじゅっつか》〉は言われたとおりに、また車を発進させた。

すると、今度は車が、〈なんでも屋の妖術使い《ようじゅっつか》〉にむかって赤いランプを点滅《てんめつ》させ、ひとこと。

「ガソリンが少なくなりました」

「そりゃよかった」〈なんでも屋の妖術使《ようじゅつつか》い〉は、しみじみと言った。

「どんどん進めー」とジェマイマ・ジェーンが言い、タウザーもこれまでどおり、賛成《さんせい》した。

〈なんでも屋の妖術使《ようじゅつつか》い〉は、夜どおし運転を続けた。そのうち、これまでとはちがういやなにおいが、車内にたちこめてきた。チョコレートのにおいとまざると、最悪だ。タウザーのやつがもらしたな、と〈なんでも屋の妖術使《ようじゅつつか》い〉は思った。それでも運転は続けた。車は、「ガソリンが少なくなりました」と単調な声で言いつづけた。

とうとう、『トホホ・サービスエリア』と書かれた看板《かんばん》を通りすぎたとき、車は急に声の調子を変え、「予備《よび》タンクに切りかわりました」と言った。それからやけにおしゃべりになって、ぺちゃくちゃ言いだした。「予備《よび》タンクではあと十五キロしか走行できません。ガソリンが少なくなりました……」

「もうわかった」〈なんでも屋の妖術使《ようじゅつつか》い〉は車に言うと、ひどくほっとしながら、ジェマイマ・ジェーンとタウザーにむかって説明した。「停《と》まらなくちゃならん」それから、ジェマイマ・ジェーンがまた「どんどん進めー」と言いださないうちに、「ところでこりゃ、なんのにおいだ？」と、話を変えた。実際《じっさい》、さっきからの臭気《しゅうき》がチョコレートのにおいといっそうまざりあい、耐《た》えがたいほどくさくなっていたのだ。

「わたしだよ」ジェマイマ・ジェーンが、悪いか、といわんばかりの口調《くちょう》で答えた。「おもらししたの。おじさんのせいよ。トイレに連れてってくれなかったもん」

とたんにタウザーががばっと起きあがり、うなりだした。さらに車までが、追い討《う》ちをかけるように言った。「ガソリンが少なくなりました」〈なんでも屋の妖術使い《ようじゅつつか》〉は大声でうめくと、タイヤをきしらせながら、『トホホ・サービスエリア』へ車を乗り入れた。車は、「ガソリンのむだ使いです」ととがめるように言ったあと、「ガソリンが少なくなりました」と続けたが、〈なんでも屋の妖術使い《ようじゅつつか》〉はもう、車の言うことになどかまっていられなかった。停《と》めるとすぐに車からとびだして、今度こそ逃《に》げようとかけだした。

でも、タウザーがあとを追ってとびだしてきて、もはやずたずたになっているズボンの上からまたしても脚《あし》にかみついた。タウザーのあとから、ジェマイマ・ジェーンも、ちょこちょこ車をおりてきた。

「女の子用のトイレに連れてって。パンツを替《か》えてよ。替《か》えのパンツは、うしろにあるバッグの中だよ」

「女用のトイレになんか、おれが連れていけるか！」と〈なんでも屋の妖術使い《ようじゅつつか》〉。もうどうしたらいいか、さっぱりわからない。まったく、どうしろってんだ？　ここにいるのは、大《だい》の男の妖術使い《ようじゅつつか》一人に、女の子どもが一人、それに妖術使い《ようじゅつつか》の脚《あし》に食らいついている、めすだかおすだかわからないイヌ一匹《いっぴき》。こういうメンバーで入るトイレって、男用か、女用か？　おれには見当もつかねえよ！

結局、駐車場《ちゅうしゃじょう》でおおっぴらに替《か》えてやるしかなくなった。〈なんでも屋の妖術使《ようじゅつつか》い〉はすっかり気分が悪くなり、完全にまいってしまった。ジェマイマ・ジェーンはきんきんする大声で、ああして、ちがう、こうして、といばって指図《さしず》した。タウザーはずっとうなりつづけている。おまけに、そんなぞっとするようなことを骨折《ほねお》ってやっているうちに、まわりに人が集まってしまい、くすくす笑いまで聞こえてきた。でももう、かまうものか。どうにでもなれ、だ……

ふと目を上げると、警官《けいかん》の輪に囲まれていた。ピンストライプのスーツの小男も、すぐ横に立っている。〈なんでも屋の妖術使《ようじゅつつか》い〉はこのうえもなくほっとして、「おとなしく同行します」と言った。

「あっ、パパ！」ジェマイマ・ジェーンが叫《さけ》んだ。見ると、チョコレートまみれのくせに、急にいかにもかわいい女の子、というようすになっている。タウザーも態度《たいど》をころっと変え、子イヌのようにキャンキャン鳴きながら、小男にじゃれたり、まわりをはねまわったりしはじめた。

小男はチョコレートも気にせず、ジェマイマ・ジェーンを抱《だ》きあげると、〈なんでも屋の妖術《ようじゅつ》使《つか》い〉を怖《こわ》い顔でにらんだ。「うちのプルーデンスやイヌを、ひどい目にあわせたんじゃあるまいな。だったら、容赦《ようしゃ》しないぞ」

「ひどい目だって？」〈なんでも屋の妖術使《ようじゅつつか》い〉は、ヒステリーを起こしそうになって叫《さけ》んだ。「その子は世界一のいじめの名人だぞ！　牢《ろう》に入れるなら、そこの車か、イヌにしろ！　イヌは、盗《ぬす》みもやったんだ！　ひどい目にあったのは、このおれの方だ！　それに、子どもはジェマイマ・ジェーンと名乗ったぞ」

「ああ、なかなかごろがいいだろう？　私《わたし》が教えてやった、にせの名だ。本当の名前を知られると、悪い魔法《まほう》をかけられることもあるからな」小男はしたり顔で言った。「イヌにだって、本当の名前はべつにあるんだ。カタヤックの魔犬《まけん》は、みんなそうだからな。ところできみは妖術使《ようじゅつつか》いのようだが、私《わたし》がだれか、知っているか？」

「いや」じゃれているタウザーに、ついつい尊敬《そんけい》のまなざしをむけてしまいながら、〈なんでも屋の妖術使《ようじゅつつか》い〉は答えた。魔犬《まけん》については、話に聞いたことがあった。こいつの魔力《まりょく》は、おれなんかより、よっぽど強いにちがいない……

「私《わたし》はカトゥーザ。金融専門《きんゆうせんもん》の魔法使《まほうつか》いだ。この世界におけるクレストマンシーの代理人だ。ペテン師《し》のジャン・ピエールのやつが、この世界へ次々に人を送りこんでくるんだが、どいつもこいつもやっかいなことになってね。その連中を助ける仕事を請け負《お》ったというわけだ。きみのことも助けようとして、銀行へ入っていったんだが、きみは私《わたし》の車を盗《ぬす》んで、行ってしまった」

「そうだったのか」と、〈なんでも屋の妖術使《ようじゅつつか》い〉。警官《けいかん》の一人がせきばらいをし、輪が縮《ちぢ》まりはじめた。〈なんでも屋の妖術使《ようじゅつつか》い〉は、長い牢屋暮《ろうやぐ》らしを覚悟《かくご》した。

だが、カトゥーザが手をあげて、警官《けいかん》たちを止めた。

「なあ、妖術使《ようじゅつつか》い君。好きな方を選んでもらおうか。私《わたし》は、うちに何台かある車の手入れをしたり、タウザーを運動させたりしてくれる人手を探《さが》していたところだ。きみは、心を入れかえてその仕事をするのと、刑務所《けいむしょ》に入るのと、どっちがいいかね？」

どっちを選んでも最悪だ。タウザーと目が合うと、イヌは舌《した》なめずりをしてみせた。〈なんでも屋の妖術使《ようじゅつつか》い〉は、牢《ろう》に入ることにしよう、と心に決めた。ところが、ジェマイマ・ジェーン――というか、プルーデンス――が、警官《けいかん》たちの方をむいてにっこりすると、はきはきと言ってのけたのだ。

「おじさんね、わたしとタウザーのお世話をしてくれるんだって。お鼻をひっぱってあげると、喜ぶんだよ」

〈なんでも屋の妖術使《ようじゅつつか》い〉は、うめき声をかみ殺した。

キャットとトニーノと魂《たましい》泥《どろ》棒《ぼう》

田中薫子 訳

キャット・チャントは、いやな気分だった。まわりの人たちの態度《たいど》が気に入らなかったし、自分で自分がいやになってもいた。原因《げんいん》は、イタリア人の男の子。イタリアに行っていたクレストマンシーが、なんの前ぶれもなしに、クレストマンシー城《じょう》へ連れ帰ってきたのだ。

旅から帰ったばかりのクレストマンシーは、疲《つか》れたようすで言った。「キャット、この子はアントニオ・モンターナだ。今にわかると思うが、とても興味深《きょうみぶか》い魔法《まほう》の力を持っているんだ」

キャットはイタリア人の男の子に目をやった。すると相手は、手をさしだし、「はじめまして。トニーノと、呼《よ》んで、ください」と言った。ふだんは「o（オー）」で終わる単語が多い言葉を使っているだけあって、一語ずつきっちり区切りすぎている気はするが、ちゃんとした上手な英語だ。それを聞いたとたん、キャットは思った――トニーノがイタリアへ送り返される日は、いつ来るんだろう。だれかが早いとこ、送っていってくれればいいんだけど。

英語がうまいとか、お行儀《ぎょうぎ》がいいとかいうだけじゃない。トニーノは金髪《きんぱつ》だった。しかも、アッシュ・ブロンドと呼《よ》ばれる、白に近いくらい明るいきれいな金髪《きんぱつ》なのだ。イタリア人にそんな髪《かみ》の色の人がいるなんて、キャットは全然知らなかった。とてもしゃれて見えるトニーノのその髪《かみ》とくらべると、キャットの髪《かみ》はまるで麦わらみたいな色で、やぼったい感じがしてしまう。それだけでもいやなのに、そのうえ、トニーノは相手を信じきっているような、くりっとした茶色の瞳《ひとみ》をしていて、表情《ひょうじょう》が頼《たよ》りなげで、まちがいなくキャットよりも年下だった。まったく、なんてかわいいんだろう。きっと、みんな、ぼくがこいつの面倒《めんどう》を見ればいいって、思うにちがいない。

キャットはつっけんどんにならない程度《ていど》に、なるべくささっと握手《あくしゅ》をすませた。

「よろしくね」キャットは心にもないことを言った。

すると案《あん》の定《じょう》、クレストマンシーが言った。「キャット、トニーノに城《しろ》を案内してくれるだろうね。英国暮《ぐ》らしになれるまで、面倒《めんどう》を見てやってくれ」

キャットはため息をついた。これは、めちゃくちゃつまらないことになりそうだ。

ところが実際《じっさい》は、つまらないどころではすまなかった。城《しろ》に住むほかの子どもたちはみんな、トニーノのことを気に入り、いっしょうけんめいなかよくなろうとしはじめたのだ。

まず、クレストマンシーの娘《むすめ》のジュリアが、英国の遊びという遊びを、やさしく教えてやった。もちろん、クリケットもだ。クレストマンシーの息子のロジャーは、クリケットの手ほどきのときから仲間にくわわり、そのあと何時間も真剣《しんけん》な顔で、トニーノと知っている呪文《じゅもん》のくらべっこをした。キャットの姉代わりで、クレストマンシーが後見人になっているジャネットは、そのあとさらに長い時間、熱心にイタリアのことをあれこれきいていた。ジャネットはべつの世界からやってきたので、もといた世界のイタリアとこっちの世界のイタリアがかなりちがっていることを知って、興味《きょうみ》を持ったらしい。

でも、こんなにちやほやされているくせに、トニーノは城《しろ》のどこにいても、とほうにくれたような、さみしそうな顔をしていた。だからキャットは、トニーノを避《さ》けた。見ればわかる、トニーノはひどいホームシックにかかっているんだ。ぼくがはじめてクレストマンシー城《じょう》に来たときとそっくり同じ気持ちなんだ、きっと。キャットは、トニーノに自分の気持ちを横取りされたような気がして、不愉快《ふゆかい》になってしまった。ばかげているとわかってはいた——自分で自分がいやになったのは、そのせいもある——が、ジュリアとロジャー、ジャネットの態度《たいど》も気に入らなかった。なんだよ、三人とも、トニーノのことで大さわぎしちゃって。

実《じつ》をいうと、ジュリアとロジャーは、これまではキャットの面倒《めんどう》を見てくれていた。キャットは城《しろ》でいちばん年下で、いちばんかわいそうな子であることになれっこになっていたのに、トニーノが来たせいで、すっかり立場をうばわれてしまったわけだ。でも、そんなふうに不愉快《ふゆかい》になる理由までわかっていても、気分を切りかえることはできなかった。

さらにしゃくにさわることに、クレストマンシーも、トニーノの魔法《まほう》にひどく興味《きょうみ》を示《しめ》した。その後何日間かは、かなりの時間をさいて、トニーノの魔力《まりょく》がどのくらいのものかを調《しら》べようと、二人きりで実験をやっていた。これまでは興味深《きょうみぶか》い魔力《まりょく》の持ち主といえばキャットのことだったのだが、その実験のあいだはクレストマンシーの書斎《しょさい》で一人、魔法《まほう》の理論《りろん》の問題をやっていなさい、と言われてしまった。

クレストマンシーは、キャットにこう説明した。「トニーノは、ほかの人の呪文《じゅもん》の効果《こうか》を強めるだけでなく、ほかの人の魔力《まりょく》を自由に利用することもできるようなんだ。もしそうなら、これはきわめてめずらしい能力《のうりょく》だ。ところで……」クレストマンシーは、書斎《しょさい》を出がけに立ちどまってふりむいた。キャットには、クレストマンシーの背が、天井《てんじょう》に届《とど》きそうなほど高くなったように見えた。「まだ、トニーノに城《しろ》の中を案内してやっていないようだが。なぜかね？」

「いそがしかったんです……忘《わす》れてました」キャットはぶすっとして答えた。

「きみのたてこんでいる予定の中に、早めに組みこんでくれたまえ。でないと、私《わたし》が本気で腹《はら》をたてることになるかもしれないぞ」

キャットはため息をつきながら、うなずいた。クレストマンシーがこういう態度《たいど》になったときは、だれだって逆《さか》らえない。しかもこれで、クレストマンシーはキャットがどんな気持ちでいるかちゃんとわかっていて、まったく許《ゆる》す気がない、ということがはっきりしてしまった。キャットはまたため息をついて、問題にとりかかった。

魔法《まほう》の理論《りろん》は、まるっきりちんぷんかんぷんだった。すごくむずかしい理論《りろん》にもとづく魔法《まほう》が勘《かん》でひょいとできてしまうのに、どうやったか自分でまるでわからないというのが、キャットの悩《なや》みの種だった。自分でも知らないうちに、魔法《まほう》を使ってしまっているときだってある。クレストマンシーには、きみはなんとしても理論《りろん》を学ばないと、いつかうっかりとんでもないことをしてしまうかもしれないぞ、と言われていた。キャットにしてみれば、理論《りろん》の問題を解《と》くのにこそ魔法《まほう》を使いたかったのだが、どうやら魔力《まりょく》というのは、そういうことには働かないものらしい。

六問答えを出してはみたが、どれも見当《けんとう》ちがいだとわかっていた。そのあと、みんなぼくのことなんかどうでもいいんだ、とか、なんでぼくが、などと思いながら、トニーノに城《しろ》の中を見せてまわった。

ちっとも楽しくなかった。トニーノはほとんどずっと、疲《つか》れたような青い顔をしておどおどしていたし、冷えきった廊下《ろうか》をえんえんと歩いたり、暗くてうすら寒い階段《かいだん》を通ったりするときは、ぶるぶるとふるえていた。

キャットの方も、「ここは小応接室《しょうおうせつしつ》」とか、「ここは教室。ぼくたち四人は、ここでマイケル・ソーンダーズ先生に教えてもらうんだけど、先生は今、グリーンランドに行ってる」とか、「ここは正面玄関《しょうめんげんかん》のホール。大理石でできてる」といった、わざわざ説明するまでもなさそうなことしか、言うことを思いつかなかった。

ベルベットのようになめらかで青々とした芝生《しばふ》や巨大《きょだい》なヒマラヤ杉《すぎ》がある庭を見おろす、大きな窓《まど》がならぶところへ来たとき、トニーノははじめてちょっぴり興味《きょうみ》を示《しめ》した。窓台《まどだい》にひざをかけて、下をのぞこうとしている。

「母さんから、話は聞いていたけれど、こんなに濃《こ》い色の緑だとは、思わなかった」トニーノが言った。

「なんできみのお母さんが、ここの庭のことなんか知ってるの？」キャットはきいた。

「母さんは英国人で、この城《しろ》で育ったんだ。前の代のクレストマンシーだったゲイブリエル・ド・ウィットさんが、魔法《まほう》の才能《さいのう》がある子どもを、たくさん集めて、訓練《くんれん》したとき、母さんもその一人に、選ばれたから」トニーノは答えた。

キャットは、なんだ、トニーノはもともと城《しろ》とつながりがあったんじゃないか、と、何かだまされたような、いやな気分になった。「じゃあ、きみも英国人ってことだろ」まるで、トニーノが悪いことをしたのを責《せ》めているような口調《くちょう》になってしまった。

「ちがうよ。ぼくはイタリア人だ」トニーノはきっぱりと言った。そして、いかにも誇《ほこ》らしげに「ぼくのうちは、イタリア一の〈呪文《じゅもん》作り〉の家なんだ」とつけくわえた。

これにはなんと返事したらいいかわからなかった。一瞬《いっしゅん》、「あっそう、ぼくは次のクレストマンシーになるんだ。なにせ九つの命の持ち主だからね。それでキャットって呼ばれてるんだ（ネコは九つの命を持つという言い伝えがある）」と言おうかと思ったのだが、えらぶっているようでかっこ悪い気がして、やめた。トニーノの方は、べつにえらぶって言ったわけじゃない。自分はここの人間じゃないんだって、説明しようとしただけなんだ。

そこでキャットは何も言わずに、トニーノを遊び部屋に連れて帰った。ジュリアが、待ちかまえていたように、早速《さっそく》トニーノにトランプのゲームを教えはじめた。キャットは自分の役目は終わったと思い、こそこそと退散《たいさん》した。そのあとはトニーノを避《さ》けていた。トニーノといるとわきおこってきてしまう感情《かんじょう》が、自分でいやだったのだ。

ところが運の悪いことに、次の日、ジュリアがはしかで寝《ね》こんでしまった。その次の日には、ロジャーもだ。キャットは、城《しろ》に住むようになるずっと前に、はしかはすませていたし、トニーノもかかったことがあるという。ジャネットはかかったことがあるかどうか、覚えていなかった。でもジャネットは、もといた世界にもはしかという病気はあったわ、だって、はしかの予防注《よぼうちゅう》射《しゃ》があったもの、と断言《だんげん》したあと、「私《わたし》も予防注射《よぼうちゅうしゃ》を受けたんじゃないかしら」と調子のいいことを言った。

だが、クレストマンシーの奥《おく》さんのミリーは、心配そうにジャネットを見ると言った。「だとしても、ロジャーとジュリアに近づかない方がいいわ」

「だけど、ミリーは大魔法使《だいまほうつか》いなんでしょう。私《わたし》にはしかがうつらないように、できますよね？」と、ジャネット。

「はしかには魔法《まほう》が効《き》かないの。効《き》けばいいんだけど、だめなのよ。キャットはロジャーとジュリアに会いに行ってもいいけど、あなたは近よっちゃだめ」と、ミリー。

キャットはロジャーの寝室《しんしつ》に行き、続いてジュリアの寝室《しんしつ》もおとずれてみて、二人のぐあいがひどく悪いとわかって、ぞっとしてしまった。二人がトニーノの面倒《めんどう》を見られるくらいよくなるのは、何週間も先になりそうだ。気がつくと、ジャネットまではしかで寝《ね》こむことになったらたいへんだ、と自分の都合《つごう》ばかり考えて、ミリーが効《き》かないと言っていたのに、大急ぎでジャネットに魔法《まほう》をかけていた。かけながら自分でも、これほど自己中心的《じこちゅうしんてき》な真似《まね》はしたことがない、と思った。でも、トニーノの面倒《めんどう》を見るのが自分一人だけになるのは、どうしてもいやだった。

教室に戻《もど》ったころには、キャットはすっかり不機嫌《ふきげん》になっていた。

「二人のようす、どうだった？」ジャネットが心配そうにきいてきた。

「最悪」キャットは不機嫌《ふきげん》なまま言った。「ロジャーは紫《むらさき》のぽつぽつだらけだし、ジュリアはいつもよりよけいぶさいくになってる」

「キャットはジュリアがぶさいくだと思うわけ？　ふだんも？」と、ジャネット。

「うん。ずんぐりの太っちょだって、きみだって言ってたじゃない」

「言ったけど、あのときは腹《はら》がたってて、ひどいこと言っちゃっただけ。かっとなってるときの私《わたし》が言うことは、信じちゃだめよ、キャット。賭《か》けてもいいけど、大人になったら、ジュリアはきっと、お父さんそっくりのすっごい美人になるわよ。顔の造《つく》りがお父さんと同じだもの。クレストマンシーって、こんな人が世の中にいていいのかしらってくらい、背《せ》が高くて、髪《かみ》が黒くて、美男子でしょう？」

ジャネットはしゃべりながら、しょっちゅうコンコンとせきをしていた。キャットは心配になり、ジャネットのようすをうかがった。ジャネットのとびきりきれいな顔には、発疹《ほっしん》らしいものは出ていない。でも、金髪《きんぱつ》はだらんとたれてつやがなく、大きな青い瞳《ひとみ》のふちのあたりが少し充血《じゅうけつ》している。魔法《まほう》をかけたのも手遅《ておく》れだったみたいだな、と思いながら、キャットはきいてみた。

「じゃ、ロジャーは？　やっぱり、大人になったらすごい美男子になるかな？」

ジャネットは、それはどうかしら、という顔をした。「ロジャーはミリーに似《に》たみたい。でも」ジャネットはまたせきこんでから、続けた。「とても感じのいい男性《だんせい》になるんじゃないかしら」

「じゃ、ぼくとはちがうんだね」キャットは悲しくなって言った。「ぼくは、みんなよりずっと悪いやつだから。大人になったら、悪の大魔法使《だいまほうつか》いになっちゃうんじゃないかな。それにさ、きみもやっぱりはしかにかかったみたいだよ」

「かかってません！」ジャネットはかっとなって叫《さけ》んだ。

でもやっぱり、かかっていた。その日の夕方にはジャネットも、全身紫《むらさき》の斑点《はんてん》だらけになって、ベッドに寝《ね》かされた。ジュリアよりぶさいくに見える。メイドたちがまたもやばたばたと階《かい》段《だん》をのぼりおりし、ジャネットにも、熱冷《ねっさ》ましのためのミルク酒を運んだ。そのあいだにミリーは、大理石の階段《かいだん》を上がったところに新しく設置《せっち》された電話を使って、医者にもう一度来てくれるよう頼《たの》んだ。それからミリーはキャットに声をかけた。

「もう気が気じゃないわ。ジャネットは本当にぐあいが悪そうなの。ほかの二人よりひどいくらい。ねえキャット、トニーノが一人でさみしがってるかもしれないから、ようすを見に行ってあげて」

そうくると思ったよ！　キャットはできるだけのろのろと、遊び部屋にむかった。

うしろで電話が鳴った。ミリーが取って、しゃべりだしたのが聞こえる。たっぷり時間をかけて三歩進んだころ、受話器を置く音がした。ミリーが大きなうめき声をもらした。するとたちまちクレストマンシーが、何事だ、というように事務室《じむしつ》からとびだしてきた。キャットは用心のため、自分の体を透明《とうめい》にした。ミリーの声がする。

「なんてことなの！　今、モーディカイ・ロバーツから電話があったの。どうしてものごとって、こんなにいっぺんに起こるのかしら？　ゲイブリエル・ド・ウィットが明日、トニーノに会いたいって言ってるんですって」

「それはこまったな。私《わたし》は明日、第一系列《けいれつ》の世界で最高賢者《さいこうけんじゃ》の選出会議があるから、どうしても行かなくてはならないんだが」と、クレストマンシー。

「でも、私《わたし》だって、どうしても城《しろ》にいて、ほかの子どもたちについていてやらなくちゃ。ジャネットのようすじゃきっと、役にたちそうな魔法《まほう》はみんな使ってあげなくちゃならないもの。特に、目の症状《しょうじょう》がひどいのよ。ゲイブリエルには、またにしてもらえないかしら？」

「それはだめだろう」クレストマンシーは、いつになく深刻《しんこく》そうな声で言った。「ゲイブリエルが人と会って話したりできるのは、明日が最後でもおかしくない。このところ、ひとつまたひとつと、命がなくなっているようだからな。それに、トニーノのことを話したら、ゲイブリエルは大喜びしていたんだ。他人の魔法《まほう》を増幅《ぞうふく》する力を持つ者がいつか見つかるんじゃないかって、前々から言っていたからね。そうだ、いい考えがある。キャットをトニーノと一緒《いっしょ》に行かせればいい。ゲイブリエルはキャットにも同じくらい興味《きょうみ》を持っているし、責任《せきにん》を持たせるのは、キャットのためにもなるだろう」

ためになんかなるもんか！　キャットは思った。責任《せきにん》なんて、大っ嫌《きら》いだ！　透明《とうめい》になったまま遊び部屋へ走っていきながら、なんでぼくが？　と考えた。助手の魔法使《まほうつか》いをだれか一人、つけてやればいいいんだ。でなきゃメイド頭《がしら》のミス・ベッセマーでも、だれでもいいじゃないか。

だが、クレストマンシーが出かけてしまい、ミリーがジャネットにつきっきりになるとすると、城のほかの人たちだってもちろん、いそがしくなるにちがいないのだ。

遊び部屋では、トニーノがぼろぼろのひじかけいすの上に丸くなって、ジュリアのお気に入りの本を夢中《むちゅう》になって読んでいた。まるでひとりでに開いたみたいにドアがぱっと開き、キャットが透明《とうめい》になっていた体をゆすりながらまた姿《すがた》を現《あらわ》したときも、ろくに目も上げなかった。

トニーノはすごく本好きなんだな、とキャットは気づいた。ジャネットとジュリアもそうだから、見ればわかる。そうか、それはよかった。キャットはそっと自分の部屋に上がっていき、ありったけの本をかき集めた。どれも、ジャネットが読んでみてと言って貸《か》してくれたのに、なんとなく手をつけないでいたものだ（だいたい、どうしてジャネットは『ミリー、学校へ行く』なんて本をぼくが読むと思ったんだ？）。腕《うで》いっぱいに本をかかえ、キャットは遊び部屋へ戻《もど》った。「ほら、これみんな、ジャネットがおもしろいって」キャットは本の山を、トニーノのそばの床《ゆか》にどさっと置いた。

それからキャットは、もうひとつのぼろぼろのひじかけいすの上で丸くなりながら考えた。悪い目的でいいことをいっぱいするなんて、まさに悪の大魔法使《だいまほうつか》いへの道まっしぐらじゃないか。キャットは、明日、トニーノの面倒《めんどう》を見なくていいようにするにはどうしたらいいか、考えはじめた。

それでなくてもキャットは前から、ゲイブリエル・ド・ウィットを訪《たず》ねるのが、いやでいやでしょうがなかった。ゲイブリエル・ド・ウィットはひどく昔かたぎで、厳《きび》しそうで、見るからに大魔法使《だいまほうつか》いという感じだ。ゲイブリエルの前にいるあいだはずっと、昔ふうのお行儀《ぎょうぎ》のいい子でいなくちゃいけない。しかも、このごろではさらにいやなことがあった。クレストマンシーがさっき言っていたとおり、老ゲイブリエルの九つの命が、ひとつまたひとつと、なくなりはじめたのだ。会いに連れていかれるたびに、ゲイブリエルがますます老《ふ》けこみ、いよいよぐあいが悪そうになり、やせおとろえてきたのを見ているキャットは、いつか、自分がお行儀《ぎょうぎ》よく話し相手をしている最中《さいちゅう》に、ゲイブリエルの命がひとつなくなるところを目にしてしまうんじゃないか、とひそかに恐《おそ》れていた。そんなのを目《ま》のあたりにしたら、きっと悲鳴《ひめい》をあげてしまうだろう。

想像《そうぞう》しただけで怖《こわ》くてたまらなくなるので、キャットはゲイブリエルに会うたびに、もうすぐ命がなくなるのかも、とじろじろ見てばかりいて、ろくに話もできなかった。そのせいか、ゲイブリエル・ド・ウィットはクレストマンシーに、「キャットは内気で変わった子どもだな」と言ったことがあった。クレストマンシーは、「そうですかね？」と皮肉たっぷりに答えていたが。

キャットは考えつづけた。ぼくはみんなに面倒《めんどう》を見てもらう側《がわ》なんだ。なのに、年とった大魔《だいま》法使《ほうつか》いのところへイタリアの男の子を連れていかなきゃいけないなんて、ひどすぎる。でも、行かずにすむ方法も思いつかない。何をしたって、ミリーかクレストマンシーに、すぐばれるに決まってる。クレストマンシーなんて、ぼくが自分で気づいてもいないうちに、ずるいことを考えたのがわかっちゃうんだから。キャットはため息をつき、寝室にむかいながら思った。朝になったらクレストマンシーの気が変わっていて、だれかほかの人がトニーノを連れていくことになってたらなあ。

だが、そうはならなかった。朝食のとき、クレストマンシーが姿《すがた》を見せ（砕《くだ》ける波の模様《もよう》が入った、青みがかった明るい緑のガウン姿《すがた》だった）、キャットとトニーノにむかって、十時三十分発のダリッジにむかう列車に乗って、ゲイブリエル・ド・ウィットに会いに行きなさい、と言ったのだ。そう言い終えるが早いかクレストマンシーは出ていき、入れちがいにミリーがせかせかと、汽車賃《きしゃちん》を渡《わた》しに入ってきた。ミリーはひと晩《ばん》じゅうほとんど寝《ね》ないでジャネットの看病《かんびょう》をしていたらしく、とても疲《つか》れたようすだった。

トニーノが眉《まゆ》をひそめて言った。「チャントのおば様、ぼく、よくわからないんですけど。モンシニョル（高位聖職者への尊称。ここでは力ある魔法使いへの敬称として使われている）・ド・ウィットって、先代のクレストマンシーだったんじゃ、ありませんか？」

「ミリーと呼《よ》んでちょうだいな。ええ、そうよ。ゲイブリエルは、クリストファーがちゃんとあとをつげると見きわめてから、引退《いんたい》したの――あ、なんだ、わかったわ！　もう亡《な》くなったと思ってたのね！　とんでもない、ゲイブリエルはぴんぴんしてるわ。相変わらずしゃきしゃきしててて、びしびしものを言うわよ。行けばわかるわ」

　キャットも以前は、先代のクレストマンシーは死んだものと思っていた。次の人に交代するのは、それまでのクレストマンシーが死んだときだと思いこんでいたのだ。そのころは、今のクレストマンシーが残っているふたつの命をなくすような兆《きざ》しはないかと、心配しながら見まもっていたものだ。そんなことになったら自分が、世界の魔法《まほう》のあり方を監督《かんとく》するという、とほうもない責任《せきにん》を押《お》しつけられてしまうのだから……。そんな妙《みょう》な決まりになっているわけではないと知ったときは、どれほどほっとしたことか。

　ミリーは話しつづけている。「何も心配はいらないから。むこうの駅には、モーディカイ・ロバーツが迎《むか》えに来てくれるそうだし、お昼のあと、また辻《つじ》馬車で駅まで送ってくれるそうよ。こっちの駅へはトムが車で送っていくし、帰りは三時十九分に着く列車に間に合うよう、迎《むか》えに行ってるから。これが汽車賃《きしゃちん》よ、キャット。それからこっちの五シリングは、帰りにおなかがすいたら使いなさい。ミス・ロザリーはね、そりゃあできる人なんだけど、男の子がどれほどたくさん食べるものかってことは、全然わかってないのよ。あの人は昔からそう。ちっとも変わらないんだから。帰ったら、どんなことがあったかみんな話してね」

　ミリーは、二人をそれぞれやさしく抱《だ》きしめると、「三十分後にレモン・バーリー（精白した大麦をせんじ、レモンの汁や皮、砂糖を加えた栄養のある飲み物）と解熱剤《げねつざい》、そのあと目に軟膏《なんこう》」と、ぶつぶつひとりごとを言いながら、大急ぎで出ていった。

トニーノは、朝食のココアをむこうへ押《お》しやって言った。「ぼく、汽車に乗ると、気持ちが悪くなるんだ」

本当にそのとおりになった。クレストマンシーの秘書役《ひしょやく》をしているトムという若《わか》い男の人に駅まで送ってもらったあと、キャットは運よく、からっぽの客車を見つけた。トニーノは狭《せま》くてけむたい小部屋の窓ぎわへ行くと、窓《まど》をできるだけおろして大きく開け、ハンカチを口にあててすわりこんだ。朝食べたものを吐《は》くところまではいかなかったが、顔色がどんどん青くなっていく。キャットは、こんなに顔色の悪い人なんて見たことがない、と思ったほどだ。

「イタリアから来るときも、ずっとそんなふうだったの？」キャットはちょっと恐《おそ》ろしい気がして、きいてみた。

「もっと、ひどかった」トニーノはハンカチを口にあてたまま答えたあと、ウエッとなりかけ、必死でつばを飲みこんだ。

かわいそうだと思ってやらなくちゃいけないんだよな、とキャットは思った。自分も乗り物に酔《よ》う方だが、車に乗ったときだけだ。だが、キャットは気の毒に思うどころか、トニーノに勝ったと思って喜ぶべきか、それとも、またもや相手の方が自分よりかわいそうな立場にあることに腹《はら》をたてるべきかで、悩《なや》んでいた。まあ、おかげで少なくとも、トニーノと話をする必要はなかった。

ダリッジはロンドンより少し南にある、きれいな村だ。駅に着いた汽車が、またシュッシュッと音をたてて行ってしまうと、さわやかな風が吹《ふ》いてきて、あたりの木々をゆらした。トニーノは深呼吸《しんこきゅう》をした。顔色がよくなってきたようだ。

迎《むか》えに来ていたモーディカイ・ロバーツが、駅の外で待たせていた辻《つじ》馬車の方へ二人を案内しながら、気の毒そうに言った。「旅にはむかない子らしいな？」

キャットはつねづね、モーディカイ・ロバーツ氏って何者なんだろう、と思っていた。ほとんど白に近いうすい色の巻《ま》き毛に、濃《こ》いコーヒーみたいな肌《はだ》の色という外見は、トニーノよりよほど異国《いこく》ふうに見えるのだが、口を開くと、生粋《きっすい》の英国人らしい完璧《かんぺき》な英語を話すのだ。しかも、いかにもいい教育を受けたという感じの話し方をする。それがまた不思議だった。というのも、キャットは長いあいだロバーツ氏のことを、引退《いんたい》したゲイブリエル・ド・ウィットの世話をするために雇《やと》われた使用人みたいなものかなと、なんとなく思っていたからだ。ところがロバーツ氏は、かなりの魔法《まほう》の使い手でもあるらしい。辻《つじ》馬車に乗りこむときも、ロバーツ氏はキャットをとがめるような目で見て、「乗り物酔《よ》いを止める呪文《じゅもん》なんて、山ほどあるだろうに」と言った。

「吐《は》くのは止めたと思うんだけど……」キャットは落ち着かない気持ちになって言った。あーあ、これだからこまるんだ。魔法《まほう》を使ったのか、使わなかったのか、自分でちゃんとわからないんだから。でも、落ち着かない気持ちになったいちばんの理由は、もし本当にトニーノに魔法《まほう》をかけたのだとしても、トニーノのためを思ってやったんじゃない、とわかっていたことだった。

キャットは、人が吐《は》くのを見るのが嫌《きら》いだった。ほらね、また自己中心的《じこちゅうしんてき》な悪い目的のために、いいことをしたわけだ。この調子じゃまちがいなく、末《すえ》は悪の大魔法使《だいまほうつか》いだよ……

ゲイブリエル・ド・ウィットは、広々として住み心地《ごこち》のいい今ふうの家に住んでいた。大きな窓《まど》がたくさんあり、屋根のまわりに金属《きんぞく》の柵《さく》がついている（欧米で一九二〇～三〇年代に流行したデザイン）、最新式の建物で、新しく舗装《ほそう》された道路わきの木立の中にあった。道路の先には田園風景が続いていた。

ミス・ロザリーが、掃除《そうじ》のいきとどいた表玄関《おもてげんかん》の白い扉《とびら》をぱっと開けて、みんなを迎《むか》え入れた。ミス・ロザリーは、黒髪《くろかみ》にたくさん白髪《しらが》がまじった、背《せ》の低い女の人で、いつ会ってもグレーのレースの長手袋《ながてぶくろ》をはめていた。この人も不思議な人だった。左の長手袋《ながてぶくろ》のグレーのレースを透《す》かして大きな金の結婚指輪《けっこんゆびわ》がちらちら見えるから、キャットはてっきり、ロバーツさんの奥《おく》さんなのかと思ったのに、「ミス」・ロザリーと呼《よ》ばなくちゃいけないらしいのだ。それに、ミス・ロザリーはいつも、魔女《まじょ》であるかのようにふるまう。でも、魔力《まりょく》はないのだ。玄関《げんかん》の扉《とびら》を閉《し》めたときだって、ミス・ロザリーは扉《とびら》にむかい、ささっと守りの魔法《まほう》をかけるみたいな手ぶりをした。でも、実際《じっさい》に魔法《まほう》をかけたのは、ロバーツさんの方だった。

「さあお二人さん、そのまま二階に上がってちょうだい。ゲイブリエルさんには、今日は朝からベッドに寝《ね》てもらってるの。アントニオ君に会うんだって、きのうから待ちきれなくて、ぐあいが悪くなってしまったんですもの。新しい種類の魔法《まほう》だといって夢中《むちゅう》になりすぎちゃって。こっちよ」ミス・ロザリーが言った。

二人はミス・ロザリーのあとについて、ふかふかのじゅうたんが敷《し》きつめられた階段《かいだん》を上がり、広くて日あたりのいい寝室《しんしつ》に入った。大きな窓《まど》にかかった白いカーテンが、吹《ふ》きこむ風でゆるやかにゆれている。部屋じゅうがすべて、真っ白だ。四方の壁《かべ》も、じゅうたんも、ベッドも、ベッドの上にいくつも積《つ》まれた枕《まくら》も、ベッドカバーも、ベッドわきの小さなテーブルに飾《かざ》ってある一本のスズランも、みんな白い。しかも、あんまりきちんとしているので、だれも使っていない部屋みたいに見えた。

「おお、エリック・チャント君と、アントニオ・モンターナ君か!」枕《まくら》の山の中から、ゲイブリエル・ド・ウィットの声がした。しゃがれて細い声だが、かなり興奮しているようだ。「よく来てくれた。こっちへ来て、すわりたまえ。顔をよく見せてくれ」

ベッドの真ん中あたりの両側にひとつずつ、飾《かざ》りけのない白いいすがあった。トニーノはそくさと横歩きをして、近い方のいすに腰《こし》をおろした。すっかりおどおどしているようだ。キャットにもその気持ちはよくわかった。ベッドをぐるっとまわってもうひとつのいすへむかいながら、部屋をこんなに白くしてるのは、ゲイブリエル・ド・ウィットさんを目立たせるためじゃないかな、とキャットは思った。

ゲイブリエルさんはもう、ひどくやせ細って青ざめてしまっているから、普通《ふつう》の部屋みたいにいろんな色があるところだと、どこにいるかわからなくなりそうだ。白い髪《かみ》は、枕《まくら》の白さに溶《と》けこんでしまっていた。顔は小さくなって、まるで突《つ》き出た頬骨《ほおぼね》と出《で》っぱった白いおでこのあいだに洞窟《どうくつ》がふたつあるだけみたいに見えたが、それぞれの洞窟《どうくつ》の奥《おく》からは、ぎらぎらした目が興奮《こうふん》したように二人を見ていた。キャットは、ゲイブリエルのひどくとがったあごへと視《し》線《せん》をおろしたが、その下の、白いねまきのはだけたところから、白い胸《むな》毛《げ》がもじゃもじゃとはみでているのは見なかったことにした。なんとなく、見てはいけないもののように思えたのだ。

でも、とキャットはいすにすわりながら思った。何よりもどきっとしたのは、部屋が、いかにも病人、年よりって感じのにおいでいっぱいだったことだ。それから、こんなに何もかも白いのに、どれもはしの方

がくすんでいるのにも、ぞっとした。部屋のすみも灰色《はいいろ》っぽくて、ぼうっとかすんでいる。キャットは、なるべく早く帰れますように、と願いながら、白いベッドカバーの上で組みあわされているゲイブリエルの両手を、じっと見つめていることにした。指の長い、血管《けっかん》が浮《う》き出た、大魔法使《だいまほうつか》いらしい手。それだけが唯一《ゆいいつ》、本来のゲイブリエルらしいものに思えたからだ。

「さて、アントニオ君」ゲイブリエルが話しだした。血の気のないかさかさのくちびるをちらっと見たキャットは、すぐに目をそらした。

「きみは、他人の呪文《じゅもん》を利用したとき、魔力《まりょく》をもっともよく発揮《はっき》できると聞いたのだが？」

トニーノはおずおずとうなずいた。「はい、そうみたいです」

キャットは、ゲイブリエルの組まれたまま動かない両手を見つめながら、さあ、これから魔法《まほう》の理論《りろん》についての話が始まって、一時間くらい続くぞ、と覚悟《かくご》した。ところがなんと、キャットにはよくわからないその手の話は、ほんの五分ぐらいで終わってしまった。それからゲイブリエルは、こう言った。

「そういうことなら、きみさえよければ、ちょっとした実験をさせてほしいのだが。なに、簡単《かんたん》なものだ。見てのとおり、わしは今日、ひどく体調が悪い。起きあがってすわれるよう、自分に少々魔法《まほう》をかけてみたいのだが、きみに助けてもらわないかぎり、ほとんど効《き》かないと思うのだ。どうだね、手伝ってくれるかね？」

「もちろんです」と、トニーノ。「ええと……その、それには、『増幅《ぞうふく》の呪文《じゅもん》』を使えばいいんでしょうか？　ぼく、呪文《じゅもん》を歌わなくちゃいけないんですけど、かまいませんか？　モンターナ家では、みんなそうするんです」

「かまわんとも」ゲイブリエルはうなずいた。「きみの用意ができたら、始めよう」

トニーノは顔を上げ、歌いはじめた。すばらしくきれいな、うっとりするような歌声だったので、キャットはびっくりした。詞《し》はラテン語のようだ。一方ゲイブリエルは、ベッドカバーの上の両手を、ほんの少しだけ動かしている。

歌が終わると、ゲイブリエルの頭のうしろにあったいくつもの枕《まくら》がもぞもぞとひとりでに積みあがり、老体を押《お》して起きあがらせた。枕《まくら》のかたまりにさらにぐいと背中《せなか》を押《お》され、ゲイブリエルは、よりかからなくてもしっかりすわっていられるようになった。

「じょうできだ！」と、ゲイブリエル。見るからにうれしそうだ。突《つ》き出た頬骨《ほおぼね》のあたりがかすかに赤みを帯《お》び、洞窟《どうくつ》の奥《おく》の両目がきらきら輝《かがや》いている。「トニーノ君、きみは実にめずらしい、強力な魔力《まりょく》を持っておるな」ゲイブリエルはそのあと、真剣《しんけん》な顔をしてキャットを見た。「これできみともちゃんと話せるぞ、エリック。重要な話だ。きみの残った命は、きっちり安全なところにしまってあるかね？　実は、何者かが、わしの命のみならず、きみの命まで狙《ねら》っていると思われる節《ふし》があってな」

キャットは、自分の命が封《ふう》じられた紙のブックマッチへ心をとばし、探《さぐ》ってみた。九本あったうち、もう半分以上が使われてしまったマッチだ。「あの、クレストマンシーがいっぱい呪文《じゅもん》をかけて、城《しろ》の金庫にしまってくれてます。どの命もだいじょうぶそうな感じがしますけど」

ゲイブリエルもキャットの命のようすを調《しら》べているらしく、きらきら光る目で遠くを見ていた。

「たしかに。どれも安全のようだな。だがわしは、クリストファー、つまり今のクレストマンシーの命をあの金庫にしまっていたころは、ずっと心配でならなかったものでな。わしは、あいつの最後の命を金の指輪に封《ふう》じて、きみのと同じ金庫にしまっておいたのだ。なにしろ、あいつはそのころ、週にひとつくらいの勢《いきお》いで命を次々になくしていてな、なんとか手をうたなければならなかったのだ。あいつが結婚《けっこん》して、あの指輪を結婚指輪《けっこんゆびわ》としてミリーに渡《わた》したときには、本当に肩《かた》の荷がおりたよ。きみの命も、同じくらい安全に守られているといいんだが。ブックマッチではあまりに心もとない」

キャットにもそれはわかっていた。でも、クレストマンシー以上にしっかりと守ってくれそうな人なんて、思いつかない。「だれがぼくの命を狙《ねら》っているんでしょうか?」キャットはきいてみた。

「それが、妙《みょう》なのだ」ゲイブリエルは、遠くを見る目をしたまま答えた。「わしが感じとっている魔法《まほう》の型を持つただ一人の人物は、少なくとも二百年前に死んでいて、もうこの世にいないはずなのだ。ネヴィル・スパイダーマンという名で知られる大魔法使《だいまほうつか》いなのだがね。最後まで残っていた本当に邪悪《じゃあく》なやつらの一人だった」

キャットは、ぼんやりと遠くを見ているゲイブリエルをじっと見つめた。まるでやせこけた年よりの予言者みたいだ。トニーノもベッドの反対側で、ゲイブリエルをじっと見つめていた。キャットと同じくらい怖《こわ》がっているみたいだ。

「どうして、そんな昔の人かもしれないって思ったんですか？」キャットはしゃがれ声できいた。

「それはだな――」ゲイブリエルは口を開いた。

と、そのとき、キャットがずっと恐《おそ》れていたことが起きてしまった。

ゲイブリエル・ド・ウィットがふいに顔の表情《ひょうじょう》をなくしたかと思うと、うしろの枕《まくら》の山がゆっくりと崩《くず》れていくのに合わせて、うしろに倒《たお》れていった。倒《たお》れていくゲイブリエル・ド・ウィットの体から、もう一人のゲイブリエルがはいでてくる。長いシャツのような白いねまきを着た背《せ》の高い老人が、横になっている老人の体から抜《ぬ》け出し、立ちあがると一瞬《いっしゅん》動きを止め、いくぶん悲しそうなようすでキャットからトニーノへと目をやると、遠くをめざして歩いていった。白い寝室《しんしつ》のどこかへ行こうとしているわけではないことは、なんとなくわかった。

キャットとトニーノの目は、去っていく老人にくぎづけになった。老人の姿《すがた》を透《す》かしてむこうにいるトニーノが見えるのに、キャットは気づいた。それから、ベッドわきのテーブルの上のスズランが、次には白い衣装《いしょう》だんすの角が、体を通して見えた。歩くにつれ、老人の姿《すがた》はどんどん小さくなっていき、やがて、部屋の白さに溶《と》けこむように消えてしまった。

キャットは、自分が悲鳴《ひめい》をあげなかったことに、ひどくびっくりした。でも、そのあとまたベッドに目を戻《もど》したときは、本当に叫《さけ》びそうになった。枕《まくら》の上のゲイブリエル・ド・ウィットの顔がさっきよりいっそう青ざめ、やせこけていたばかりか、あごの筋肉《きんにく》がゆるんでじわじわと口が開いていたのだ。だが、キャットは声ひとつあげることも、身動きすることもできなかった。

そのとき、トニーノがささやいた。「あの人を通して、きみが見えた！」

キャットは息を吸《す》いこんだ。「ぼくも。きみが見えた。どうしてだろう？」

「あれが、最後の命だったのかな？　もう、ほんとに死んじゃったの？」トニーノがきいた。

「わかんない。とにかく、だれかに知らせなくちゃ」とキャット。

だがもう、異状《いじょう》に気づいた人がいるようだった。部屋の外から、じゅうたんの上をパタパタかけてくる足音がしたと思うと、ミス・ロザリーがとびこんできた。すぐあとからロバーツ氏も。二人ともベッドにかけよってくると、心配そうにゲイブリエル・ド・ウィットの顔を見おろした。すぐに目を覚《さ》ますと思って、待っているかのようだ。でも、あんぐり開いた口や、青いロウででもきてるみたいな変な色になった顔をもう一度ちらっと見たキャットは、これほど死人らしい人は見たことがない、と思った。両親が亡《な》くなったあと、葬儀《そうぎ》の直前に見た顔だって、まるで眠《ねむ》っているみたいで、全然こんなじゃなかった。

ミス・ロザリーが言った。「二人とも、心配しなくていいのよ。またひとつ命がなくなっただけだから。まだあとふたつ残ってるの」

「いや、おまえは、ゲイブリエルさんが女神アシェスに命をひとつやったことを忘《わす》れているよ」

ロバーツ氏が口をはさんだ。

「あら、そうね。うっかりしてたわ。でも、まだひとつは残っているってことよ。お二人さんは、新しい命がとってかわるまで、下に行ってらっしゃいな。けっこう時間がかかることもあるから」

キャットとトニーノは、ありがたい、といすからぴょんと立ちあがった。が、そのとき、ゲイブリエルが身じろぎした。口がぱくっと閉《と》じ、顔もまた生きた人間らしくなった。青ざめた病人の顔にはちがいないが、気力は満々《まんまん》という感じだ。

「ロザリー」弱々しいが、いらだったような声で、ゲイブリエルは言った。「クレストマンシーに、気をつけろと連絡《れんらく》してくれ。ネヴィル・スパイダーマンのやつが、この家のまわりを嗅《か》ぎまわっている。たった今、やつがいるのをはっきりと感じたのだ」

「何言ってるんですか、ゲイブリエルさんったら！　そんなわけないでしょ？」ミス・ロザリーは、きびきびとした調子であしらった。「ネヴィル・スパイダーマンっていったら、本名は知らないけど、初代クレストマンシーの時代の人ですよね？　ゲイブリエルさんが生まれるより百年以上も前ですよ！」

だが、ゲイブリエルは言いはった。「やつの気配を感じたのだ。まちがいない！　さっきの命が離《はな》れていくとき、たしかにすぐそこにいた」

ミス・ロザリーもゆずらない。「その人がいたかどうかなんて、わかるはずがないでしょう」

「いや、わかるのだ。やつのことはいろいろ調《しら》べたからな」ゲイブリエルも負けじと言ったが、声はますます弱々しくなり、ふるえていた。「わしは、クレストマンシーになるとすぐ、やつのことを調《しら》べあげた。真に邪悪《じゃあく》な大魔法使《だいまほうつか》いとはどういうものか、知っておくべきだと思って、いちばん抜《ぬ》け目のないネヴィルを選んだのだ。やつはな、今もまた、実に抜《ぬ》け目ない計略《けいりゃく》をたてておるのだ、ロザリー。やつは、歴代《れきだい》のどのクレストマンシーをもしのぐ力を、手に入れようとしている。クリストファーに、危険《きけん》だと伝えてやってくれ。エリックはなおさら危《あぶ》ない」

「ええ、ええ、わかってますって」ロザリーの返事がいかにもご機嫌《きげん》をとっているだけという感じだったので、ゲイブリエルはくやしそうに身をよじりはじめ、カバーや毛布《もうふ》が床《ゆか》にずり落ちた。

「もちろん、言っておきますよ」ミス・ロザリーは毛布《もうふ》をかけなおしながら言った。「落ち着いてくださいな、ゲイブリエルさん。でないと、またぐあいが悪くなってしまいますよ。なんでもおっしゃるとおりにしますから」そう言いながら、ミス・ロザリーはロバーツ氏の方をむき、キャットとトニーノを連れ出すよう、目くばせをした。

ロバーツ氏はうなずくと、二人の肩《かた》にそれぞれ手を置いて、部屋の外へ連れ出した。ロバーツ氏がそっとドアを閉《し》めるとき、うしろでゲイブリエルが言っているのが聞こえた。

「聞きたまえロザリー、わしはうわごとを言ってるわけじゃない！　スパイダーマンのやつは、時間を自由に行き来する方法を見つけたのだ。やつは危険《きけん》だ。これはまじめな話なんだぞ」

ゲイブリエル・ド・ウィットの声があまりにか細く、しかもいきりたっていたので、ロバーツ氏はひどく心配そうな顔になった。そして二人に、「なあ、きみたちはもう帰った方がいい。ゲイブリエルさんは、今日はもう、話ができそうもないからね。辻《つじ》馬車を呼《よ》んであげよう。城《しろ》には予定より早い汽車で帰るって、電話を入れておくよ」と言った。

キャットはもう、願ったりかなったりという気持ちだった。トニーノも、表情《ひょうじょう》からすると、同じ気持ちらしい。ただひとつ残念なのは、昼食を食べそびれてしまうことだ。まあ、でも、ミス・ロザリーが出してくれる昼食といえば、トマト一個《こ》とレタスが何枚《なんまい》かだけなんだ。ミリーにもらった五シリングだってあるし……キャットはロバーツ氏のあとについて階段《かいだん》をおりながら、駅で売っているドーナッツやパイのことを考えた。

二人が正面の門のところまで出たとき、カッポカッポと音をたて、ちょうど辻《つじ》馬車が通りかかった。旧式《きゅうしき》の四輪馬車（英国で十七〜十八世紀ごろに辻馬車としてよく使われた）で、車輪のついた四角い箱みたいな馬車の上の方に、御者《ぎょしゃ》がぴんと背《せ》をのばしてすわっていた。馬車はみすぼらしかったし、馬もやせていたが、ロバーツ氏はああよかった、という顔をして呼《よ》びよせると、キャットたちが乗りこんでいるあいだに、二人ぶんの料金を御者《ぎょしゃ》にはらった。「十二時半の汽車にぎりぎり間に合うな。御者《ぎょしゃ》どの、急いでくれたまえ」

ロバーツ氏がドアを閉《し》めると、辻《つじ》馬車は走りだした。がたがたゆれるし、車輪はギーギーいうし、いやなにおいもしたが、ゲイブリエルのところからさっさと帰れることになったんだから、そのくらいがまんするさ、とキャットは思った。駅まではそう遠くない。キャットはうす暗い馬車の中で、座席《ざせき》の背《せ》にもたれた。ほっとしたあまり、頭の中がからっぽになっていくような気がした。当分のあいだ、ゲイブリエル・ド・ウィットのことは考えたくない。そこで、駅で買うつもりのパイやコンビーフのサンドイッチのことを考えはじめた。

だが、いやなにおいをがまんしながら、がたごと、ギーギー、三十分ほど乗りつづけたところで、あれ？　と思った。そこで、暗がりの中、となりにすわっていたもう一人の男の子の方をむいて、きいてみた。

「ぼくたち、どこに行くんだっけ？」

その子は――えーと、トニーノっていうんだっけ？　全然自信がないけど――わからないや、というふうに、頭を横にふって答えた。「北東にむかってるみたいだけど。ぼく、吐《は》きそう」

「ぐっとつばを飲んで」キャットは言ってやった。なぜだか、この子がだれだろうと、自分が面倒《めんどう》を見なくちゃいけないことだけはたしかだ、という気がした。「きっと、もうじき着くよ」

キャットは相手をなぐさめるように言った。だが、言ったあと、もうじき着くってどこに？　と思った。それがさっぱりわからないことに気づいて、とまどってしまった。

だが、もうじき着く、という考えそのものは正しかったようだ。五分後、もう一人の子がしきりにつばを飲んでも吐《は》きけをがまんしきれないようすになったころ、上から「どう、どう！」と御者《ぎょしゃ》の叫《さけ》ぶ声が聞こえ、馬車がキイッと停《と》まったかと思うと、キャットのわきのドアが外側に開いた。

キャットは目をぱちくりさせ、うす明るい光の中の汚《きたな》らしい舗道《ほどう》を見つめた。見通せるかぎり、道の前方にも後方にも、いかにも古くさい家がずらりとならんでいる。ロンドンの町はずれに来ちゃったんだ、なんでだろう、と首をひねっていると、また御者《ぎょしゃ》の声が聞こえた。

「だんなのご注文どおり、金髪《きんぱつ》のぼうやを二人お連れしましたぜ」

ドアを開けたと思われる人物が、そのドアの陰《かげ》から姿《すがた》を現《あらわ》し、中をのぞきこんだ。汚《きたな》い黒のローブを着た、年配の小男だった。こっちをじっと見つめている茶色の丸い目、ぼさぼさと生えた茶色の頰《ほお》ひげ、しわくちゃの顔。サルそっくりだ。ただ、頭に、司祭がかぶりそうな黒のやわらかそうな帽子《ぼうし》がのっているところを見ると、どうやら、サルではなく人間らしい。待てよ、ひょっとしたらサルなのかも。キャットは、なんとも妙《みょう》なぐあいに、どんなことにも確信《かくしん》が持てなくなっていた。

サルは一本線のような口を開け、にんまりと笑うと、「そうだ、まさにこの二人だ。注文どおりだな」と言った。冷たくてとがった声だと思っていたら、早速《さっそく》、「ほら、おりないか。さっさとしろ」ととげとげしく言われた。

キャットとトニーノが、言われたとおりに馬車をおりてみると、そこは荒《あ》れはてた古い家が立ちならぶ長い通りだった。どの家も少しずつちがってはいるが、農家を町むきに造《つく》りなおしたみたいに見える。黒いローブの男は手を上にのばし、御者《ぎょしゃ》に金貨を渡《わた》すと、「送り返すはわが喜び」とつぶやいた。

ひとりごとだったのか、それとも御者《ぎょしゃ》にむかって言ったのかは、わからなかった。でも、御者《ぎょしゃ》はうやうやしく帽子《ぼうし》をつまんであいさつを返し、むちを鳴らすと馬を出した。キーキー、カッポカッポ、辻《つじ》馬車は荒《あ》れはてた通りを走りさっていきながら、がくん、がくんとゆれ、そのたびに姿《すがた》がうすれていった。そして通りのはしに着かないうちに、もう一度がくん、とゆれたと思うと、あとかたもなく消えてしまった。

二人は、馬車の消えたあたりをまじまじと見つめた。

「今の、どういうこと?」トニーノがきいた。

「未来のもんだからだろうが」サルそっくりの男は、つっけんどんに言った。今度も、ひとりごとだったのかもしれない。だが、男はそれから、二人のことを思い出したようだ。「ついてこい。くだらんことはきくな。このおれが、救貧院《きゅうひんいん》から二人もひきとって弟子にするなんてのは、めったにないことなんだぞ。家ん中でしっかり働けば、食わしてやる。ついてこい」

男は二人に背《せ》をむけ、目の前の家へ急ぎ足で入っていった。二人はすっかりうろたえながら、男のあとについて、正面玄関《げんかん》のペンキも何も塗《ぬ》られていない扉《とびら》を通り——と、扉《とびら》は二人の背後《はいご》でバタンと閉《し》まった――暗い、木の廊下《ろうか》を進んだ。

廊下《ろうか》の奥《おく》には大きな部屋があった。中は、汚《よご》れているとはいえ窓《まど》がいくつかならんでいたうえ、すぐ外には低い茂《しげ》みしかないおかげで、廊下《ろうか》よりはずっと明るかった。サル男にせかされて部屋を通《とお》りながら、ここは魔術師《まじゅつし》の仕事場だな、とキャットは思った。魔法《まほう》やドラゴンの血のにおいがぷんぷんするし、床《ゆか》にはあちこち記号のようなものがチョークで書いてある。それぞれの記号の意味も使い方も、だいたい知ってるはずなんだけど……ここに書いてあるならび方は、全然覚えがないみたいだなあ……。キャットは思い出せなくてむずむずする気分を味わったが、でも改めて考えてみると、どの記号の意味も、まるでわからないことに気づいた。

部屋の中で特に目をひいたのは、壁《かべ》のひとつにずらりとはってあるホロスコープだった。全部で八枚《まい》ある。いちばん左はしの、古びて茶色に変色したものから、右にいくにつれて新しい紙になっている。ごく最近描《か》かれたばかりに見える、いちばん右の真新しいホロスコープのすぐ左には、ちょうど一枚《まい》ぶんの空白があった。どうやらそこにもう一枚《まい》あったのが、破《やぶ》り取られたようだ。

キャットがその一枚《まい》ぶんの空白を見ていると、サル男が言った。

「こいつはむりだ。守りが固すぎる」

またしてもひとりごとだったらしく、そう言ったと思うと男はくるりと背《せ》をむけ、部屋の奥《おく》にあったドアを開けた。

「それ、ついてこい」男はとがった声で言いながらドアを通ると、横むきに下へと続いている石の階段《かいだん》をさっさとおりていった。

キャットは、空白のとなりにある最新のホロスコープは、なんだかやけに見なれている気がして落ち着かないなあ、とちらっと思いながら、急いであとを追った。下はちょうど家の真下にあたる、石造《いしづく》りのひんやりした地下室だった。

二人が階段《かいだん》をおりきったとたん、サル男はくるっとふりむいて言った。「さて。おまえらの名は？」

実《じつ》にもっともな質問《しつもん》だ、とは思ったものの、さっぱり見当がつかない。二人とも底冷《そこび》えのする敷石《しきいし》に立ってふるえながら、男ともう一人の子を代わるがわる見ているばかりだった。男は、なんて愚《おろ》かなやつらだ、というようにため息をついた。「忘《わす》れるにしてもほどがある」と、例によってひとりごとのようにつぶやくと、キャットを指さし、トニーノに言った。「では、きく。こいつの名は？」

「えーと……何か意味がある、名前だったんだけど……ラテン語だった、と思います。フェリックス（ラテン語のもとの意味は、実り豊か、幸福な、の意味。また、一九二〇〜三〇年代にヒットしたアメリカのアニメの主人公に、フェリックスという黒ネコがいる）みたいな。そうだ、フェリックスです」

「では、こいつの名は？」男は今度はキャットにきいた。

「トニー……」と、キャット。フェリックスがぴんとこなかったのと同じくらい、しっくりしなかったが、それよりもっと合っていそうな名前は思いつかなかった。「トニーです」

「エリックではないのか？」男はとがった声で言った。「エリックというのはどっちだ？」

二人とも首を横にふった。キャットは、それは絶滅《ぜつめつ》寸前のヒースの一種の名前（ヒースの別名はエリカ）かな、とちらりと思った。でも、あまりにもばかげていたので、そんなわけないさ、とすぐに思いなおした。

「まあいい」男はぴしゃりと言った。「トニーとフェリックス、今日からおまえらは、このおれの弟子《でし》だ。これからは、この部屋で生活してもらう。あそこにあるマットレスを、ベッドとして使え」男は、毛がもじゃもじゃ生えた茶色い手で、すみの暗がりを指さした。それからべつのすみを指し、「そっちには、ほうきとちりとりがある。この部屋をできるかぎりきれいに掃除《そうじ》するんだ。それがすんだら、マットレスを敷《し》いてもいいぞ」と言った。

「あの、すみません——」トニーノが言いかけたが、しわくちゃの年よりザルみたいな顔がくるっとふりむいてにらんだので、ぎょっとしたように口をつぐんでしまった。それから、言おうとしていたらしい言葉とは明らかにちがうことを、続けて言った。「すみませんけど、あなたのことは、なんて呼《よ》んだらいいんですか？」

「このおれは、スパイダーマンという名で通っている。おまえらはお師匠《ししょう》様と呼《よ》べ」と、男はとがった声で答えた。

キャットは「スパイダーマン」と聞いたとたん、危険《きけん》を感じてぞくっとした。でも、きっとこのサル顔の年よりがすごく嫌《きら》いになっちゃっているせいだ、と思うことにした。男は、古い服のにおいとかびくささ、病人くささをぷんぷんさせていた。病人くささといえば、ほら……ええと、なんだっけ、よく思い出せない。でも、病人くさいにおいを嗅《か》ぐと、怖《こわ》くて落ち着かない気持ちになる。キャットは気分を変えようと、もう一人の子がさっき言おうとしていたにちがいないことを、口に出してみた。

「すみません、ぼくたち、まだお昼を食べてないんですけど」

サルみたいな丸い目が、キャットの方をむいてまばたきした。

「そうかね？　おまえらがこの部屋を片《かた》づけて掃《は》き終わったら、食い物をやろう」そう言うと、男はかびくさい黒いローブのすそをぱっとひるがえし、ドアめがけて石段《いしだん》をかけあがっていった。いちばん上に着くと、男は足を止めて言った。「魔法《まほう》を使おうなどと考えるな。ここでは、そういうことは許《ゆる》さん。ばかな真似《まね》はなしだ。この場所は、普通《ふつう》の時間の流れからは切りはなされている。おとなしくしていた方が身のためだぞ」

男は部屋を出て、うしろ手にドアを閉《し》めた。ドアのむこう側で、かんぬきを通す音がした。

そのドアが、この地下室からのただひとつの出口のようだった。まわりは石壁《いしかべ》で、ほかに開きそうなところといえば、ひとつある高窓《たかまど》だけ。それもきっちり閉《し》まっているうえに、外が見えないくらい汚《よご》れていて、うす暗い光しか射《さ》しこんでこない。二人はドアを見、窓《まど》を見、それからおたがいを見つめあった。トニーノがきいた。

「魔法《まほう》を使うなって、どういうこと？　きみ、魔法《まほう》が使えるの？」

「使えるとは思わないけど。きみは？」と、キャット。

「ぼく——ぼく、思い出せない」トニーノはしょげたようすで言った。「頭の中が、真っ白で」

キャットだって同じことだった。何か考えようとすると、その何かがわからなくなるのだ。どんなことにも確信《かくしん》が持てない。どうして二人してここにいるのかも、これは怖《こわ》がるべきことなのか、それともみじめだと思えばいいだけのことなのかも、はっきりしない。ただ、たしかにわかることがふたつだけあった。これはぜったいに忘《わす》れないぞ——「トニー」がぼくより年下だってこと、ぼくがこの子の面倒《めんどう》を見なくちゃいけないってこと。

トニーノはがたがたとふるえていた。

「ほうきを見つけて、さっさと掃《は》こう。そうすれば体もあったまるし、すんだら食べ物がもらえる」キャットは言った。

「もらえるかも、だよ。きみ、あいつの言うこと、信じるの？」と、トニーノ。

「信じない」これも、いくら頭がもやもやしていても、はっきりわかる。「でも、食べ物をくれない理由を、作らないようにしなくちゃ」

先がすりへったほうき二本と取っ手の長いちりとりが、階段《かいだん》近くで見つかった。が、そのあたりにはびっくりするほどいろんな種類のがらくたも、山ほどあった。錆《さび》だらけの缶《かん》がたくさん、クモの巣に覆《おお》われた板が何枚も、古すぎて泥《どろ》のかたまりに見えるぼろ布《ぬの》の山、いくつものこわれたびん、ステッキと虫捕《むしと》り網《あみ》と釣《つ》りざおとこわれた傘《かさ》が何本も、半分しかない馬車の車輪がひとつ、時計の部品、それに腐食《ふしょく》がひどくて、もとはなんだったのかまるでわからなくなってしまったものも……

二人は部屋の掃除《そうじ》を始めた。相談するまでもなく、階段《かいだん》の下のあたりから掃《は》きはじめた。全体の中では、まだものが少なかったからだ。ほかのところは、古くてあちこちひび割《わ》れ、ささくれだっている作業台や、こわれたいすなどでごちゃごちゃしていて、奥《おく》に行けば行くほどごった返していた。いちばん奥《おく》なんて、上から下まで、うそみたいに埃《ほこり》まみれで分厚《ぶあつ》いクモの巣がかかっている。

それに、階段《かいだん》のそばにいると、サル男が上の部屋で床《ゆか》をきしませて歩きまわる音や、ぶつぶつ言う声が聞こえてきたので、たぶんこちらが

たてる物音も上に聞こえるだろう、と思ったせいもある。本気でいっしょうけんめい働いている音を耳にすれば、何か食べるものを持ってきてくれる気になるかもしれない、と二人とも考えたのだ。

二人はそれから、何時間とも思えるくらい掃除《そうじ》を続けた。古いぼろ布《ぬの》の中からなるべくくさくないのを選んで、ぞうきんにした。キャットが見つけた古い麻《あさ》ぶくろに、掃《は》き集めた山もりのちり、クモの巣、ガラスの破片《はへん》などを、ドサドサと音をたてて放《ほう》りこんだ。ほうきを使うときも、なるべくバッサバッサとやった。トニーノは、ガラガラガッチャーン、とすさまじい音をたて、べつのすみからまた新たながらくたの山をひっぱりだした。その山の中に、二枚《まい》のマットレスがあった。汚《きたな》くてぼこぼこで、じっとりしめっている。

キャットは使い物になりそうにないいすを全部、バン、ボンとよせ集め、マットレスをその上にのせて干《ほ》すことにした。マットレスを持ちあげると、かびくさいにおいがぷん、とした。ふと見まわすと、もう部屋の半分以上が片《かた》づいていたので、少しびっくりした。埃《ほこり》がもうもうと舞《ま》っているせいで、トニーノは鼻水と涙《なみだ》を流している。二人の服も髪《かみ》も埃《ほこり》だらけだし、顔には灰色《はいいろ》のしまができていた。手は黒くなっているし、爪《つめ》はもっと真っ黒だ。おなかはぺこぺこ、のどはからから、もうくたくただった。

「のどが渇《かわ》いた」トニーノがしゃがれ声で言った。

キャットはすでに一度掃《は》いた階段《かいだん》を、そうぞうしい音をたててもう一度掃《は》いた。だが、サル男に聞こえたようすはこれっぽっちもない。大声で呼《よ》んでみようか……？　でもそんなことは、ものすごく勇気をふりしぼらないとできそうになかった。それになぜか、どうしてもあの男のことを『お師匠様《ししょうさま》』とは呼《よ》べない気がした。キャットは階段《かいだん》の上のドアをそっとノックすると、声をあげた。

「あのう、すみませんけど……お願いです！　ぼくたち、のどがからからなんです」

返事はなかった。ドアに耳をあててみると、男が歩きまわっているような物音はもう聞こえず、静かになっていた。キャットはがっかりして階段《かいだん》をおりた。

「今は、上にいないみたい」

トニーノがため息をついた。「きっと、この部屋がきれいになると、わかるんだよ。それまでは、戻《もど》ってこない気だ。あいつ、きっと、大魔法使《だいまほうつか》いだよ」

「でもさ、ひと休みしちゃいけないってことはないだろ」キャットは言った。そして、さっきの二枚《まい》のマットレスを壁《かべ》ぎわまでひきずっていき、重ねてすわれるようにした。

二人はやれやれと思いながら、腰《こし》をおろした。マットレスはまだじっとりとしめっていたし、においもひどかったが、二人とも気にしないようにした。

「あいつが大魔法使《だいまほうつか》いだなんて、どうしてわかるの？」キャットは、しめっぽさとにおいを忘《わす》れようとして、きいてみた。

「目でわかるんだ。きみのと、同じ感じだもの」と、トニーノ。

キャットはサル男のうるんだ丸い目を思い浮《う》かべ、ぞっとした。「全然同じじゃないよ！　ぼくの目は青いだろ」

トニーノはうつむき、両手で頭をかかえた。「ごめん。一瞬《いっしゅん》、きみは大魔法使《だいまほうつか》いなんだって、思ったんだ。だけど今は、何もわからなくなっちゃった」

それを聞いて、キャットは落ち着かない気分になり、もぞもぞと体を動かした。認《みと》めたくはなかったが、恐《おそ》ろしくなったのだ――何かについて考えようとすると、そのとたんに頭がからっぽになってしまうのだから。特に魔法《まほう》については、まったくといっていいほど何もわからなくなる。この寒い地下室には、今という時間しかないみたいな気がする。あと、マットレスから上がってくるどうしようもなくいやなにおい。においと一緒《いっしょ》にじわじわと、服にも移《うつ》ってくるしめりけ。

となりにすわっているトニーノが、またぶるぶるふるえだした。

「これじゃだめだね。立とう」キャットは言った。

トニーノはもそもそと立ちあがった。「ぼくたちが、ちゃんと言うことを聞くように、呪文《じゅもん》をかけてあるんだよ。マットレスを敷《し》いてもいいのは、部屋がきれいになってからだって、言ってたでしょ」

「そんなこと知るもんか」キャットは言うと、上に重ねた方のマットレスをつかんでゆすった。ゆすって、におい――と、かかっているなら、呪文《じゅもん》――をふるい落としてやろうと思ったのだ。

が、これはとんでもない失敗だった。あっというまに、くさくて息がつまるようなちりや埃《ほこり》が、地下室全体にもうもうとたちこめた。おたがいの姿《すがた》もかすんで見えないほどだ。かろうじてトニーノの姿《すがた》をとらえたとき、キャットははっとした。かがみこんで、ゲホンゴホン、しきりにひどいせきをしていたのだ。息を吸《す》おうとするたびに、ゼイゼイ、ヒューヒューいっているのも聞こえる。今にも窒息《ちっそく》してしまいそうだ。それまでも頭がまともに働いていなかったキャットだが、恐《おそ》ろしさのあまり、それこそわけがわからなくなってしまった。

キャットは持っていたマットレスを落とし、埃《ほこり》がさらに舞《ま》いあがる中、ほうきをつかみ、悪いことをしたという気持ちと恐《おそ》ろしさでかーっとなったまま階段《かいだん》をかけあがると、ほうきの柄《え》でドアをガンガンたたき、わめきはじめた。

「助けて！　トニーが窒息《ちっそく》しちゃう！　助けてーっ！」

だが、何も起きなかった。ドアを柄《え》でたたくのをやめると、むこうがしんとしているのがわかった。あいつは聞く気がないんだ、とさとったキャットは、階段《かいだん》をかけおりて、もうもうと舞《ま》っている埃《ほこり》の中へつっこんでいき、ゲホゲホいっているトニーノの片《かた》ひじをつかんで、階段《かいだん》の上へと押《お》しあげてやった。

「もっと上がって、ドアのところまで行くんだ。そこなら少しはましだから」

トニーノがゼイゼイいいながら階段《かいだん》を上がっていく足音が聞こえると、キャットは汚《きたな》くて暗い高窓《たかまど》めがけて走っていき、ほうきの柄《え》を槍《やり》のようにかまえて、ガラスを突《つ》いた。そうすれば、ガラスが砕《くだ》けちると思ったのだ。

ところが汚《よご》れた窓《まど》ガラスには、白い星のような形のひびが入っただけだった。ほうきの柄《え》で力いっぱい何度突《つ》いても、それ以上こわすことはどうしてもできない。今ではキャットも、トニーノと同じくらいひどくせきこんでいた。腹《はら》がたってもいた。あの男は、ぼくたちをまいらせようとしてるんだ。負けるもんか！　キャットはあちこちひび割れ、ささくれだっている重い作業台をひとつ、窓《まど》の下までひきずってきて、上によじのぼった。

窓《まど》は、上下にスライドさせて開《あ》け閉《し》めする形のものだった。作業台の上に立つと、ちょうど鼻の高さのところが、上下二枚《まい》にわかれた窓《まど》の境《さかい》にあたり、その枠《わく》には錆《さび》ついた古いとめ金《がね》があって、窓《まど》が開かないようになっていた。キャットはとめ金《がね》を握《にぎ》り、怒《いか》りをこめてねじった。すると、とめ金《がね》は手の中でばらばらになった。よし、これで、窓《まど》を開けられるってことだ。キャットはこわれたとめ金《がね》を放《ほう》り捨《す》てると、汚《きたな》い窓枠《まどわく》を両手でつかんだ。上の窓《まど》をひっぱる。下のを押《お》しあげる。がたがたゆらしてみる。

「手伝うよ」トニーノがキャットのとなりにのぼってきて、しゃがれた声で言った。それから、ハァーッと大きく息を吐《は》いた。階段《かいだん》からここまでやってくるあいだ、息を止めていたらしい。

キャットは喜んで横にずれた。それから、二人で一緒《いっしょ》に上の窓《まど》をひきおろそうとした。うれしいことに、窓《まど》はぎしぎしと動きだし、二人の頭の上のあたりが十センチほど開いた。そこから、家を囲む柵《さく》のいちばん下の部分と、舗道《ほどう》の地面すれすれのあたり、そして通りすぎていくだれかの靴《くつ》が見えた。とても昔ふうの靴《くつ》で、かかとが高く、甲《こう》のところにバックルがついている。

変な靴《くつ》だな、と二人はとっさに思った。開いた隙間《すきま》から、あたたかい新鮮《しんせん》な空気が顔にやさしく吹《ふ》きつけてくるのと一緒《いっしょ》に、地下室の埃《ほこり》っぽい空気がもくもくと流れ出ていったのも、何か妙《みょう》だと感じた。だがそのときは二人とも、こうしたことをよく考えてみようとはしなかった。上の窓《まど》を完全に下までおろすことができたら、そこからはいだして逃《に》げられる、と思いついたからだ。

二人は窓《まど》の上のふちに両手をかけ、ぶらさがるようにして必死でひっぱった。

だがどんなにひっぱっても、これ以上窓《まど》を開けるのはむりのようだ。キャットがハアハアいいながらあきらめて手を放《はな》すと、トニーノは下の窓《まど》を拳《こぶし》でたたき、ちょうど通りかかった、またしてもバックルのついた靴《くつ》にむかって叫《さけ》んだ。

「助けて！　助けて！　閉《と》じこめられているんだ！」

だが、靴《くつ》の主《ぬし》は立ちどまりもせず、行ってしまった。

「むこうには聞こえないんだ。きっと、窓《まど》にそういう呪文《じゅもん》がかかってるんだよ」キャットが言った。

「じゃ、どうしたらいいの？　ぼく、おなかぺこぺこ！」トニーノが泣きだした。

キャットも、おなかがぺこぺこだった。たぶん、もういいかげん夕方のお茶の時間にはなってるんじゃないかな。今ごろ城《しろ》では、テーブルにクレソンのサンドイッチと、クリームケーキが出て――待てよ！　城《しろ》って、どこの？――だが、思い出しかけた記憶《きおく》は、もう消えてしまっていた。頭に残ったのは、パンの耳のところを惜《お》しみなく全部切り落としてあるクレソンのサンドイッチとか、中のジャムやクリームがのぞいているケーキの像《ぞう》だけ。おなかがグーグー鳴りだしたキャットは、トニーノと一緒《いっしょ》に泣きたくなった……でも、ぼくの方が年上なんだから、しっかりしなくちゃいけないんだ。

「部屋をすっかりきれいにしたら、食べ物をくれるって言ってただろ。だから、さっさとやっちゃおう」キャットはトニーノに声をかけた。

二人は作業台をおり、また片《かた》づけを始めた。キャットは、今度はちゃんと計画的にやろう、と考えた。そこで、いちおうすわれそうないすを二脚《きゃく》見つけておいて、わっとひと仕事片《かた》づけては、新たにわきおこった埃《ほこり》が全部窓《まど》の隙間《すきま》から吸《す》い出されてしまうまで、いすにすわって休むことにした。二人はゆっくりとしたペースで、地下室の奥《おく》の壁《かべ》にむかって掃除《そうじ》を進めていった。汚れた窓《まど》ガラスごしに射《さ》しこむ光が夕暮《ゆうぐ》れどきの黄金色になったころ、やっと最後の壁《かべ》にとりかかることになった。

そこを楽しみに残しておいたわけではない。天井《てんじょう》から床《ゆか》まで、埃《ほこり》まみれの汚《きたな》らしいクモの巣がびっしりとかかっている。厚《あつ》みが少なくとも六十センチくらいはありそうで、窓《まど》からかすかに吹《ふ》いてくる風に、まがまがしくはためいたりふくらんだりしている。たれさがったクモの巣の中に、やはりこわれかけの作業台がひとつあるらしいのが、かろうじて見えた。台のちょうど真ん中に、何か小さな黒い容器《ようき》のようなものがのっている。

「あれ、なんだと思う?」トニーノが首をかしげながら言った。

「見てみよう。どうせまたがらくただと思うけど」キャットは左手をふわふわべたべたするクモの巣の中にこわごわつっこみ、その感触《かんしょく》にぞっとしながら、黒いものをつかんだ。

手をふれた瞬間《しゅんかん》から、これは大事なものだ、という気がした。だが、なるべくクモの巣にさわらないようにしながらそっとひっぱりだしてみると、なんのことはない、ただの古ぼけた黒い缶《かん》だった。はめこみ式のふたに、ふちがぎざぎざの丸い小さな穴《あな》が開いている。

「ただの紅茶《こうちゃ》の缶《かん》だよ。貯金箱《ちょきんばこ》にしようとしたみたい」キャットは言い、缶《かん》をふってみた。カラカラ、と甲高《かんだか》い音がした。

「中身は？　宝物《たからもの》かもしれないよ」トニーノが言った。

キャットはふたを開けようと、缶《かん》をしっかりかかえこんだ。おかげで、汚《よご》れた服の前のところに、さらに新しい黒い汚《よご》れがべったりとついてしまった。缶《かん》は長年そこに置いてあったせいか、黒っぽいべたべたで覆《おお》われていたのだ。でも、ふたはあっさり、ぽん、と開いた。中には赤いインゲンマメがほんの少しだけ入っていた。たった七粒《つぶ》。

キャットは念のため、缶《かん》をかたむけて中身を手にあけてみた。なんだ、やっぱりただのマメだ。缶《かん》の中にずいぶん長いあいだ入っていたにちがいない。うち四粒《つぶ》は、しなびてしわくちゃになっていた。べつのひと粒《つぶ》は、ひからびた茶色いかたまりにしか見えないくらい古いものだった。宝《たから》物《もの》なんかじゃないことは明らかだ。

「なんだ、マメか！」キャットはげんなりしてしまった。

「でも、『ジャックとマメの木』の話みたいに、なったりしないかな？」と、トニーノ。

二人は顔を見あわせた。大魔法使《だいまほうつか》いの家の地下室でなら、どんなことだって起こりうる。マメが次々に芽《め》を出し、ぐんぐんのびて、天井《てんじょう》を突《つ》き破《やぶ》り、屋根を突《つ》きぬける。二人でそれぞれ木をのぼって、サル男の力がおよばないところまで逃《に》げていく——そんな情景《じょうけい》が、二人の頭に浮《う》かんだ。だが、見あっているあいだに、部屋のむこう側からドアのかんぬきを抜《ぬ》く音が聞こえてきた。

キャットはあわてて手にのせていたマメをポケットに入れ、缶《かん》のふたをぎゅっと閉《し》めた。トニーノは使っていたほうきを拾《ひろ》った。そして、キャットがクモの巣の中に手をつっこみ、木の作業台の上の、埃《ほこり》がなくて丸いあとになっているもとの場所に古びた缶《かん》をそーっと戻《もど》すのを待って、ほうきをふりあげ、えいやとばかりに大量のクモの巣を壁《かべ》からはらい落としはじめた。

すると、男がドアをバタンと開け、わめきながら石段《いしだん》をかけおりてきた。

「やめろ、やめろ、このこぞう！　今すぐやめろ！　見てわからんか、そいつは呪文《じゅもん》なんだ！」

そして、部屋をつっきって走ってくると、トニーノにむかって拳《こぶし》をふりあげた。トニーノはほうきをカタンと落とし、あとずさった。

トニーノをなぐるつもりだろうか、それとも呪文《じゅもん》でもかける気なんだろうか？　キャットにはどっちかわからなかったが、とにかく、急いであいだに割って入った。「この子に怒《おこ》ることないでしょう。ここをすっかりきれいにしろって言ったじゃないですか」

男は見るからにかっとなって、二人にのしかかるように身をかがめた。男の吐《は》く息は、汚《きたな》らしくて年よりっぽいにおいがした。黒いロープからは、かびくさいにおいもただよってくる。ぎらぎらした丸い目、ぶるぶるゆれるしわ、顔にかかるもじゃもじゃの髪《かみ》をじっと見ていたら、キャットは怖《こわ》くなるのと同時に吐《は》きけがしてきたが、さらに言った。

「それに、終わったら食べるものをくれるって、約束したでしょう」

男は返事はしなかったが、少し怒《いか》りをおさえたようすで、「この呪文《じゅもん》のためにな……」と、またもやひとりごとのようにしゃべりはじめた。歯を食いしばっているせいかくちびるがないように見える大きな口のまわりには、白い斑点《はんてん》が浮《う》かんでいる。「この呪文《じゅもん》を見まもるためにな、このおれは本来の寿命《じゅみょう》よりはるかに長く、命をひきのばしてきたのだ。この呪文《じゅもん》は世界を変えるのだ。この呪文《じゅもん》で、世界が、おれのものになるのだ！　なのにこの恥知《はじし》らずのこぞうは、壁《かべ》からはらい落とそうとしやがって、あやうくだめにするところだったじゃないか！」

「呪文《じゅもん》だなんて、知らなかったんです」トニーノは言い返した。「何をする、呪文《じゅもん》なんですか？」

男は口を閉《と》じたまま、くつくつと笑った。「何をするか、とな？　これは、十個《こ》の命を持つ大《だい》魔法使《まほうつか》いを生み出す呪文《じゅもん》だ。歴代《れきだい》のクレストマンシーのどいつよりも、強い力の持ち主をな。おまえらがよけいな手出しさえしなければ、ちゃんとうまくいくはずなんだ。いいか、二度とさわるんじゃないぞ！」

男は二人のうしろにまわりこみ、クモの巣にむかって身ぶり手ぶりをした。そのようすは、まるで何かを編《あ》んだりねじったりしているようだった。すると、トニーノがはらい落としたクモの巣の細長い灰色《はいいろ》の帯《おび》が、ひとりでにゆらゆらと上がりはじめた。それから、男が何かを平らにのばしたり、ひねったりするような手ぶりをすると、クモの巣は左右にゆれながら厚《あつ》みをましてさらにふわふわとのぼっていき、天井《てんじょう》にくっついた。キャットは、半透明《はんとうめい》の小さな生き物がたくさん、灰色《はいいろ》の帯《おび》のあいだをかさこそはいまわって男の望みどおりに呪文《じゅもん》を直しているのが見えるような気がして、目をそらさずにはいられなかった。だが、トニーノの方は興味《きょうみ》しんしんで、目を丸くして見まもっていた。

「これでいい。もう近よるなよ」男はようやくそう言うと、階段《かいだん》へむかおうとした。

「ちょっと待って。何か食べるものをくれるって言ったじゃ……おっしゃいましたよね？」男が怒《おこ》った顔でふりむいたので、キャットはあわてて言葉使《ことばづか》いを直した。「ぼくたち、ちゃんと掃除《そうじ》しました」

「よし、食い物はやろう。どっちがエリックか教えたらな」

さっきと同じで、その名前を聞いても、二人はまるでぴんとこなかった。でもあんまりおなかがすいていたので、キャットはすばやくトニーノを指さし、同時にトニーノもキャットを指さした。「こっちです」二人は同時に言った。

「そうか。わからないというわけだな」男はとがった声で言った。そして、またくるりと背《せ》をむけ、ぶつぶつ言いながらせかせかと遠ざかっていった。そのつぶやきは、男がよつんばいになって階段《かいだん》をはいのぼっていくうちに、はっきり聞きとれるようになってきた。これだけ離《はな》れれば二人には聞こえない、と思っているにちがいない。「どっちがそうだか、このおれにもわからんわ、くそっ！　しかたない、二人とも殺すか。片方《かたほう》は何度も殺さなくちゃならんだろうな」

ドアがバーンと音をたてて閉《し》まると、キャットとトニーノは顔を見あわせた。ここへ来てはじめて、心底恐《しんそこおそ》ろしくなっていた。

「窓《まど》を開けられないか、もう一回やってみよう」キャットが言った。

だが窓《まど》は、やはりびくともしなかった。キャットは作業台の上に立って、ほうきの柄《え》を窓《まど》の開いている隙間《すきま》から外に突《つ》き出し、ふり動かしてみた。こうすれば、窓《まど》にかかっている呪文《じゅもん》が破《やぶ》れるかと思ったのだ。だがそのとき、またドアが開く音がした。キャットは急いで作業台をおり、武器代《ぶきが》わりにほうきをかまえた。

明かりをともしたランプを手に、男が現《あらわ》れ、ランプを階段《かいだん》のいちばん上に置いた。二人は明かりを見て、うれしくなった。地下室の中はもうだいぶ暗くなっていたからだ。男はドアのむこうからお盆《ぼん》を取ると、ランプのすぐ横にならべて言った。

「こぞうども、夕食だ。それから、次にやってもらう仕事を教えよう。よく聞くんだぞ。そこの奥《おく》の呪文《じゅもん》を、見はるんだ。目を離《はな》すんじゃないぞ。何か変わったことが起きたら、このドアをノックして知らせろ。ちゃんとできたら、ほうびにフルーツケーキをひとつずつやるからな」

男がうってかわって気味が悪くなるほど親しげだったので、キャットもトニーノもひどく不安になった。キャットはトニーノをそっとつついた。トニーノはすぐに、男がどうして急に親しげな態度《たいど》になったのかつきとめようと、口を開いた。

「変わったことって、どんな？」いかにも無邪気《むじゃき》そうな、大まじめな顔をしている。

「何に気をつけて見はっていればいいか、教えてほしいんです」キャットも口をそえた。

男は返事をためらった。どこまで教えたものかと、考えているにちがいない。

「乱《みだ》れ……うむ、そうだ、クモの巣に乱《みだ》れが見えるはずだ。かなり妙《みょう》ながめになるだろうが、怖《こわ》がることはない。死にかけているある大魔法使《だいまほうつか》いの魂《たましい》が、体を離《はな》れたあと、ここへやってくるだけのことだ。来ればたちまちマメに変わるから、危険《きけん》はない。そのマメが、台の上の入れ物の中へちゃんと落ちるのを見届《みとど》けたら、このおれに知らせろ。そうしたら、フルーツケーキをひとつずつやる。ひとつずつだぞ、いいな？　おまえたち、いい子だろう？」

「ええ、もちろん」と、二人とも請《う》けあった。

「よしよし」男はあとずさりながら部屋を出ていき、またドアを閉《し》めた。

キャットとトニーノは用心しいしい階段《かいだん》を上がっていき、お盆《ぼん》を見た。水が入った錫《すず》のピッチャーと、かびくさいにおいがする小さなパンひとつ、そして使ったばかりのせっけんみたいに見える、とてつもなく古くて汗《あせ》をかいたチーズのかたまりがのっている。

「毒が、入っているのかな？」トニーノがささやいた。

キャットは考えてみた。あいつに食べるものを持ってこさせたのは、とりあえずぼくたちの勝ちといっていいだろう。でも明らかに、殺すつもりの相手にまともな食べ物を与《あた》えるなんてむだなことはしたくないらしい。これをくれたのは、ぼくたちを安心させておくためなんだろう。

「ううん。そのつもりなら、もっといいものを出すはずだよ。毒を入れるとしたら、あとのフルーツケーキの方だと思うな」

二人でランプとお盆《ぼん》を持って階段《かいだん》をおり、部屋の真ん中にある方の作業台にのせたが、そのあいだじゅう、トニーノも何かいっしょうけんめい考えているようすだった。それから、トニーノは言った。「あいつ、本当の寿命《じゅみょう》よりずっと長く、命をひきのばしてきた、って言ったよね。それって、男の子を——つまり、弟子《でし》の命をとりあげて、やったのかな?」

キャットは、さっき掃除《そうじ》の合間にすわった、いちばんしっかりしている二脚《きゃく》のいすをひっぱってきて、作業台のそばに置いた。「わからないけど、そうかもしれない。大魔法使《だいまほうつか》いの幽霊《ゆうれい》ってのが来たら、助けてくれって頼《たの》んでみなくちゃ」

「そうだね」とトニーノはあいづちをうったが、心もとなさそうにつけくわえた。「でも、幽霊《ゆうれい》が、助けになるのかな」

「だいじょうぶだって。幽霊《ゆうれい》になったって、大魔法使《だいまほうつか》いにはちがいないんだから」と、キャット。

二人は小さく砕《くだ》いたかちかちのパンと、ゴムみたいなチーズを必死でかじっては、代《か》わりばんこに錫《すず》のピッチャーに口をつけて、水で流しこんだ。池の水みたいな、くさっているような味がした。すぐに、キャットはおなかが痛《いた》くなってきた。ひょっとしたらぼくの考えがまちがっていて、このひどい夕食はやっぱり毒入りだったのかもしれない。でも、こんな食べ物は消化できないっていうだけのことかもしれないし、毒だなんて考えたから、おなかが毒入りと信じこんじゃったのかもしれない。

キャットは、毒がまわってたりしないかと、トニーノのようすをじっとうかがった。でもトニーノは、キャットが言ったことを信じきっているようだ。ランプのやわらかな光に照《て》らされて、トニーノの目は食べるにつれて明るく輝《かがや》きはじめ、げっそりしていた頰《ほお》も、汚《よご》れてはいるもののふっくらして赤みがさしてきた。トニーノがチーズを皮すれすれまで歯でこそげて食べるのを見ながら、キャットは、やっぱり毒は入っていない、と思うことにした。そうしたら、おなかが少し楽になった。

「ぼく、まだおなかがぺこぺこだ」トニーノは、残念そうにチーズの皮を置きながら言った。「さっきの乾《かわ》いたマメでも、食べられるくらいだよ」

キャットは、あの男が階段《かいだん》をずんずんおりてきたとき、マメをポケットにつっこんだことを思い出した。そこで、七粒《つぶ》全部取り出して、ランプの光の下にならべてみた。

驚《おどろ》いたことに、どれもさっきよりつやがよくなり、ふくらんでいた。うち四粒《つぶ》は、まったくしわがなくなっている。いちばん古くて、かちかちの茶色のかたまりにしか見えなかったものでさえ、マメらしい姿《すがた》になっている。どのマメも、ランプの光で、やわらかな赤や紫《むらさき》に輝《かがや》いて見える。

キャットは、マメを指でつつきながら言った。「どうなんだろう……このマメもみんな、大魔《だいま》法使《ほうつか》いなのかな？」

「かもしれない」トニーノもマメをじっと見つめて言った。「命が十個《こ》ある大魔《だいま》法使《ほうつか》いを、作るんだって言ってたよね。ここにあるのが、そのうち七つの命で、もうじき来るっていうのが、八つ目なのかも。でも、だとしたら、あとふたつの命は、どこから手に入れる気なんだろう？」

ぼくたちからだろ――キャットは思った。トニーノがこのことに気づかないでくれるといいんだけど。

ちょうどそのとき、七つの中でもいちばん新しそうでつやのあるマメが、いきなりぴょんと、台のはしからはしまでとんだ。トニーノは今まで話していたことも忘《わす》れて、マメの上にかがみこみ、夢中《むちゅう》で見つめた。

「これ、生きてるよ！　ほかのもみんな、生きてるのかな？」

たしかに生きているようだった。マメは次々に動きだし、とびあがった。やがて全部のマメがころがったりはねたりしはじめ、いちばん古いあのマメでさえ、とびこそしないものの、左右にゆらゆらゆれだした。いちばん新しそうなマメは、あまり元気にはねたので、作業台から落ちそうになった。落ちる前にキャットがつかまえ、ほかのマメのところに戻《もど》してやった。

「芽《め》を出さないかな？」キャットは言った。

「マメの木……そうだよ、芽を出して！」と、トニーノ。

トニーノがそう言ったとたん、いちばん新しいマメが縦《たて》に割《わ》れ、淡《あわ》い緑色の中身が見えてきた。中身は、見るからに生き生きとしている。だが、マメの芽にはあまり似《に》ていなかった。むしろ、甲虫《こうちゅう》が翅《はね》を広げているように見える。二人の目の前で、ふたつに割《わ》れた斑点《はんてん》入りの赤紫色《あかむらさきいろ》のマメの皮が、甲虫《こうちゅう》の上翅《うわばね》が開くみたいに広がったかと思うと、マメの中に溶《と》けこんでいった。次に、淡《あわ》い緑色の透《す》きとおったものがむくむくとのびてきて、あっというまに、いくつかとがったところのある大きなシカモアの葉っぱのような平たい形になり、緑色に光りながら作業台の上に浮《う》かびあがった。細かい葉脈《ようみゃく》のようなものも見え、葉っぱ全体が脈打つようにかすかにゆれている。

そのあいだに、あと五粒《つぶ》の皮もはじけ、中身がのびはじめていた。どれもぎざぎざした形で葉《よう》脈《みゃく》があったが、形は少しずつちがう。キャットはそれぞれ、アイビー、イチジク、ブドウ、カエデ、プラタナスの葉みたいだと思った。いちばん古い七粒《つぶ》目すら、なんとか皮を割《わ》ろうとしていたが、あまりにしなびて硬《かた》くなっていたため、いかにも苦労しているようすだった。そこで、トニーノが両手の人さし指で割《わ》れかけた皮をむくようにひっぱり、ちゃんと割《わ》れるよう助けてやった。そのマメが、ほかのよりいじけた小さな葉の形にのびると、トニーノは言った。

「大魔法使《だいまほうつか》いのみなさん、ぼくたちを助けて！」

最後のはカエデバアズキナシの葉みたいだ、と思ったとたん、キャットは、なんでぼく、こんなに植物にくわしいんだろう、と首をひねった。でも、ランプの下あたりに集まっている、弱々しくゆれるうす緑色のいろんな植物の葉っぱみたいなものを見ているうちに、キャットは悲しくなってきた。トニーノがさっき心配してたことは、正しかったんだ。この緑色の葉っぱみたいなものたちは、トニーノの言うとおり、みんなもとは大魔法使《だいまほうつか》いだったんだろう。でも、幽霊《ゆうれい》じゃないみたいだ。こんなにやわらかくて、頼《たよ》りなくて、とまどっているんだもの。これじゃまるで、羽化《うか》したばかりのチョウチョに助けてくれって頼《たの》むようなものじゃないか。

「こいつらに助けてもらうのは、むりだと思うよ。自分たちがどうなってるのかさえわかってないんじゃないかな」キャットは言った。

トニーノがため息をついた。「そうだね、どれも、めちゃくちゃ年よりだって気がするし。でも、生まれたての感じもする。こっちが、助けてやらなくちゃね。あいつに見つからないよう、隠《かく》してあげようよ」

トニーノは、いちばん年よりのいじけた葉っぱをつかもうとした。が、それはつかまるまいと必死にはばたき、逃《に》げ出した。と、ほかの葉っぱも危険《きけん》を感じたらしく、いっせいにぱたぱたはばたきはじめ、ふるえながら錫《すず》のピッチャーの陰《かげ》へ隠《かく》れた。七つ全部がより集まると、ぽわんと明るく光って見える。

「よしなよ！　怖《こわ》がってるじゃないか！」キャットが言った。

と、そのとき、背後《はいご》でガサゴソと音がした。部屋のいちばん奥《おく》から聞こえてくるようだ。キャットとトニーノは、さっと同時にふりむいた。

分厚《ぶあつ》いクモの巣の中に、かすかに光るものが見えた。これも葉っぱの形をしているが、とても大きい。汚《きたな》いクモの糸にからまれて、もがいている。そのもがき方は、さっきいじけた葉っぱがトニーノから逃《に》げようとしたときよりも、さらに必死だった。だが、はばたいたり、もがいたりするほど、クモの糸がよけいにからみつき、どんどん下の黒い缶《かん》の方へひきおろされていくようだ。

「あれが、来るって言ってた大魔法使《だいまほうつか》いだ！　どうしよう！　早く、助けてあげて！」と、トニーノ。

キャットはのろのろと立ちあがった。その大きな葉っぱみたいなものが、ちょっと怖《こわ》かった。寝室《しんしつ》に鳥が入ってきてしまったときと同じ感じだ――あわてふためく鳥の気持ちが、どうしても自分にもうつってしまうのだ――が、大きな葉っぱがいきなりマメの形に変わり、黒い缶《かん》めがけてまっすぐに落ちていくのを見たとたん、キャットは大急ぎで部屋の奥《おく》へ走っていき、からみあうクモの巣の灰色《はいいろ》のカーテンの中へ、えいやっと両手をつっこんだ。

なんとか間に合った。マメはキャットの左手の指先にあたって、落ちる方向がそれ、缶《かん》の外側にコン、とぶつかってはね返ると、床《ゆか》に落ちた。キャットが拾《ひろ》って手のひらにのせると、マメはすぐにふたつに割《わ》れ、ほかのどれよりも大きく、明るく、ぎざぎざの多い葉っぱの形になった。

キャットは、ばさばさとはばたくその葉っぱを両手で包みこむようにして作業台に運び、ほかの葉っぱのそばにそっと放《はな》してやった。ランプの明かりの下で透《す》き通って輝《かがや》き、脈打つ葉っぱたちは、まるで魚の群《む》れみたいにも見えた。

トニーノがはっと息をのんだ。「あいつが来る！　逃《に》がしてあげて！」

キャットにも、階段《かいだん》の上のドアが開く音が聞こえた。葉っぱの形をしたものたちにむかってしっしっと両手をふりながら、キャットは小声で言った。「そら！　どこかに隠《かく》れろ！」

葉っぱたちは縮《ちぢ》こまってキャットの手はよけたものの、なんとも腹《はら》だたしいことに、錫《すず》のピッチャーのうしろに浮《う》かんだまま隠《かく》れようとしない。

「もう、行けったら！」トニーノが頼《たの》むように言った。男がずんずん階段《かいだん》をおりてくる音がする。だが、葉っぱたちは動かない。

「おまえらはいったい何をやってるんだ？」男がきつい声できいた。そして、せかせかと奥《おく》のクモの巣の方へむかった。「ホロスコープによると、ゲイブリエル・ド・ウィットは二十分近く前にとうとう死んだはずだ。魂《たましい》が、もうこっちへ来てるだろうが。なぜ、ドアをノックしなかった？　食うのに夢中《むちゅう》で気がつかなかったか？　おい、どうなんだ？」

男は、作業台とその上のランプには目もくれず、ずんずんと通りすぎていった。その荒々《あらあら》しい動きでわきおこった風を受け、葉っぱたちはたじろいだようだ。それから、キャットが心からほっとしたことに、新入りの大きな葉っぱがついてこい、と合図するように葉の片側を上げると、作業台のへりから下の陰《かげ》へと、静かにすべりおりていった。ほかの葉もむきを変え、ひらひらと新入りのあとを追った。カレイやヒラメが、一列になって水底《みなそこ》深くへもぐっていくような感じだ。

年よりのいじけた葉っぱが、いちばんうしろからあたふたとついていく。

キャットとトニーノは、全部がちゃんと隠《かく》れたのを横目で確認《かくにん》すると、すぐに男の方へ目を戻《もど》した。男はクモの巣を右へ左へはらいのけ、めざす黒い缶《かん》をひっつかんだ。ふってみる。それから、缶《かん》をぎゅっと胸《むね》に押《お》しあてたまま、くるりとこっちをむいた。あまりに仰天《ぎょうてん》し、うちひしがれたようすなので、キャットは、かわいそうなことをしちゃったかな、と思いそうになった。

「からっぽだ！」あらゆる世界の中でいちばんひどい動物園にいる、いちばん悲しいサルの顔もこうだろうかという表情《ひょうじょう》だ。「からっぽだ！」男はくり返した。「すっかりなくなっている……集めてきた魂《たましい》がみんな、なくなっている！　九つの命を持った大魔法使《だいまほうつか》い七人ぶんの魂《たましい》がなくなっているうえに、新しいやつも来ていない！　このおれの一生をかけた努力が！　何がいけなかったんだ？」その問いを口にしたとたん、男の悲しげな顔がさっとこわばり、疑《うたが》いと怒《いか》りにみちた表情《ひょうじょう》になった。「おまえら、何をした？」

キャットは、自分たちのせいだと気づかれてしまったら、きっと恐《おそ》ろしくてたまらなくなるだろうと覚悟《かくご》していた。ところがいざそうなってみると、恐《おそ》ろしいというよりしゃっきりとして、なんとか切りぬけてやるという気持ちになったので、自分でも少しびっくりした。むかいにいるトニーノが、しっかりと落ち着いていることにもはげまされ、キャットははっきり言った。

「みんな、出ちゃいました」

トニーノも言った。「育っちゃったんです。だって、マメなんだもん。マメって、育つものでしょ。どうして、怒《おこ》ってるんですか？　まさか、マメのまま、のんじゃおうと思ってたんじゃ……？」

「そうに決まっとるだろうが！」男は泣きそうな顔でわめいた。「このおれはな、二百年以上もかけて、死んだクレストマンシーどもの魂《たましい》を盗《ぬす》んできたんだぞ、このぼんくらこぞう！　九つ集まったらのみこむ。そうすりゃこのおれは、かつてない最強の大魔法使《だいまほうつか》いになれるはずだった！　それを、おまえらは、逃《に》がしたというのか！」

「でも、八つしかありませんでしたけど」トニーノが口をはさんだ。

男は缶《かん》をさらにぎゅうっと抱《だ》きしめると、にたっと笑《え》みを浮《う》かべた。「いいや、九つだ。おまえらのうちのどっちかが、九つ目の大魔法使《だいまほうつか》いの魂《たましい》を持っている。そいつをいただくんだ。それにほかの八つだって、この部屋からは出られっこない」そう言うと、急に声をはりあげてどなった。「いったいどこに行きやがった？」

キャットとトニーノはぎくっとしたが、とっさに知らないふりをした。ところが、作業台の下にひそんでいた死んだ大魔法使《だいまほうつか》いたちの魂《たましい》の方は、どなり声におびえてしまったらしい。すぐに、中くらいの大きさのイチジクの葉に似《に》たやつが、逃《に》げようととびだしてきた。キャットがすわっているいすの脚《あし》の折れた横木のあいだを抜《ぬ》け、階段《かいだん》の上の開いたドアをめざしてはばたいていく。たちまちほかの葉っぱたちも、取り残されるのはいやだとばかりに、次々にするするとあとを追ったので、宙にきらきら光る線ができた。

「そっちか！」男は叫《さけ》ぶと、缶《かん》を放《ほう》り出し、とてつもない速さで部屋の奥《おく》から階段《かいだん》まで走っていくと、三段《だん》のぼったところで、逃《に》げようとする魂《たましい》たちの行く手をさえぎった。上の方でドアがバタン、とひとりでに閉《し》まった。

葉っぱたちの列は、いちばん下の段《だん》と同じ高さのあたりで渦《うず》を巻《ま》いて止まり、ちょっとまごついたあと、すばやく横へ逃《に》げ出した。先頭は大きな新入りの魂《たましい》、最後尾《さいこうび》は、かなり必死なようすではばたいているいちばん古い魂《たましい》だ。

それを見た男は、三段《だん》をぴょんととびおりると、がらくたの山の中から虫捕《むしと》り網《あみ》をひっつかんで小声で言った。「いやに元気がいいじゃないか？　だが、それも今のうちだ！」

虫捕《むしと》り網《あみ》があと二本、がらくたの山からとんできて、キャットとトニーノの手の中に一本ずつ、勝手にすっぽりとおさまった。

「おまえらが逃《に》がしたんだ。とっととつかまえろ」そう言うと、男は虫捕《むしと》り網《あみ》をななめにかまえ、一列にならんでするする逃《に》げていく魂《たましい》を網《あみ》ですくおうと、すっとんでいった。

キャットとトニーノは、ぱっと立ちあがり、自分たちも逃《に》げる魂《たましい》を追いかけるふりをしはじめた。そうしながら、できるだけ邪魔《じゃま》をしてやった。トニーノは魂《たましい》の列からずいぶん離《はな》れた見《けん》当《とう》ちがいなところにばかり行って、わざとどたばたあとずさったり前に進んだりし、網《あみ》をふりまわしては「つかまえた！」とか「しまった、はずした！」と叫《さけ》んでいた。キャットの方は、男のすぐそばへとんでいき、男が魂《たましい》を網《あみ》ですくおうと身を乗り出すたびに、かならず自分も身を乗り出し、ひじをこづくか、自分の虫捕《むしと》り網《あみ》を相手の網《あみ》にぶつけるかして、狙《ねら》いがはずれるようにした。

男はキャットにむかってわめいたりどなったりしたが、とにかく魂《たましい》をつかまえようと必死だったので、それ以上のことはしなかった。二人は、大混戦《だいこんせん》のラクロス（スティックの先の網にボールを入れて運び、ゴールに入れあうスポーツ）の試合みたいに、地下室の中をぐるぐる走りまわった。一方トニーノは、真ん中あたりをばたばた走りながら、二人の通り道へこわれた家具をころがした。そのあいだじゅう、おびえきったきらきら光る魂《たましい》の列は、腰《こし》あたりの高さで部屋の壁《かべ》ぞいをぐるぐる逃《に》げまわっていた。クモの巣のカーテンをぐいんとよけたあと、少し高度を上げながら、となりの壁《かべ》にそって大急ぎで飛んでいく。そこには、あの窓《まど》があった。

『窓《まど》だ！』キャットは男とならんで追いかけながら、魂《たましい》たちにむかって念じた。『窓《まど》が開いてるぞ！』

だが、すっかりおびえてしまっているらしい魂《たましい》たちは、窓《まど》には気がつかず、そのままま階《かい》段《だん》の方へ一列に進んでいった。それから、アイビーの葉の形の魂《たましい》が、ドアがまだ開いているのではないかと思ったらしく、階段《かいだん》の上へ上がろうとしはじめた。ほかの魂《たましい》たちもみんな宙《ちゅう》で止まり、くるりとむきを変えると、あとを追った。

これを見た男は、「そっちか！」とまた叫《さけ》び、網《あみ》をかまえて階段《かいだん》へ突進《とっしん》した。そのあとを追ったキャットとトニーノは、男を追いこすと、階段《かいだん》の上ですばやくはねまわってうまいこと邪魔《じゃま》をした。そうしなければ、魂《たましい》たちはみんなひとふりで捕《と》らえられてしまっただろう。

『ばかだな、わかれろよ！　ばらばらに逃《に》げればいいじゃないか！』キャットは念じた。

ところがおびえた魂《たましい》たちは、どうやらばらばらになんかなりたくないらしい。仲間から離《はな》れたらおしまいだ、と考えているようなのが、キャットにはなんとなくわかった。魂《たましい》たちは固まったまま部屋のすみを上がっていき、天井《てんじょう》のすぐ近くの高さでまた一列になって、部屋をぐるっとまわりはじめた。すぐうしろを、男が網《あみ》をふりかざして追っていく。キャットも必死でそのあとを追った。

と、いちばん年よりの小さな魂《たましい》が、クモの巣のカーテンに近づきすぎて、からまってしまった。キャットはぞっとした。またもや、ほかの魂《たましい》たちはくるりとU《ユー》ターンして止まり、ようすを見まもっている。キャットはぎりぎりのところで追いつき、虫捕《むしと》り網《あみ》を男の網《あみ》にガシャンとぶつけた。そのままよろけた格好《かっこう》で、クモの巣につっこんでびりびりにし、からまっていた魂《たましい》を自由にした。

古い魂《たましい》が仲間たちの方へはばたいていくあいだに、トニーノが部屋のむこうからだだだっと走ってきて、窓《まど》を開けるときにのった作業台と壁《かべ》の隙間《すきま》に、むりやり体をねじこんだ。作業台がひっくり返り、ガッターン、と音をたてた。また一列になってスピードを上げようとしていた魂《たましい》たちは、がくん、と止まった。トニーノは窓《まど》のすぐ横で虫捕《むしと》り網《あみ》をふっている。魂《たましい》たちに窓《まど》のことを知らせようとしているのだ。

魂《たましい》たちは、ようやく気づいたようだ。少なくとも、もとゲイブリエル・ド・ウィットだった新入りの大きな魂《たましい》は、すぐにうれしげに窓《まど》へと突《つ》き進《すす》んだ。ほかのものたちも、きらきらした緑の線になってあとを追う。そして、魂《たましい》たちは次々に吸《す》い出されるように、開いた窓《まど》の隙間《すきま》から暗い夜空へと勢《いきお》いよく出ていった。

ああ、よかった！　キャットは虫捕《むしと》り網《あみ》を支《ささ》えにして、はあはあ息をつきながら考えた。これで、ぼくたちを殺す理由もなくなったぞ。

怒《いか》りくるった男が、キンキン声でわめいた。「おまえら、窓《まど》を開けたな！　このおれの呪文《じゅもん》を破《やぶ》りやがったな！」そして、最初はキャットに、ついでトニーノに、何か投げつけるような手ぶりをした。

キャットは、ふわっとしてやたらとねばねばするものに包まれたような気がした。なんだか、うっかりクモの巣につっこんでしまったときの感じにすごくよく似《に》てるな、と思ったとたん、男が地下室の階段《かいだん》をかけあがりはじめた。すると、キャットとトニーノも、汗《あせ》だくで埃《ほこり》まみれで息が切れているのに、いやおうなくひきずられ、あとについて階段《かいだん》をかけあがるはめになった。

「今後は……おまえらから……目を離《はな》したりしないからな！」男はあえぎながら言うと、上の部屋を走りぬけた。あまりの速さにトニーノはとてもついていけず、廊下《ろうか》に出たところで、ばったりころんであやうく顔を打ちそうになった。キャットがトニーノをひっぱって立たせてやっていると、男が玄関《げんかん》の扉《とびら》をバーン、と開いた。

三人は通りへとびだした。外は真っ暗だった。どの家の窓《まど》もカーテンが閉《し》まっていたし、街灯《がいとう》らしいものもひとつも見あたらない。男はちょっと足を止め、ゼイゼイ息をすると、するどい目つきであたりをぐるりと見まわした。

キャットは思った。逃《に》げ出した魂《たましい》たちはもうどこかへ行ったかな。せめて、どこかに隠《かく》れるくらいの知恵《ちえ》を働かせてるといいけど……

だが、期待は裏切《うらぎ》られた。あいつら、知恵《ちえ》を働かせようにも、もう脳《のう》みそってものがないんだよな、とキャットは悲しい気持ちになった。魂《たましい》たちは、通りのはずれで小さくより集まって宙《ちゅう》に浮《う》かんでいたのだ。地下室にいたときと同じように緑色にきらきら光っているから、とても目立つ。魂《たましい》たちは、これからどうしようかと相談しているみたいに、不安そうに上下にゆれていた。

「あそこだ！」男はもうこっちのものだ、という顔で叫《さけ》ぶと、通りを突《つ》き進んでいった。キャットとトニーノは、見えない糸にひきずられていく。

「もう、逃《に》げろってば！　安全なところに、飛んでいきなよ！」トニーノが舗道《ほどう》をよろよろとひきずられていきながら、あえぎあえぎ言った。

魂《たましい》たちは、つかまる寸前で三人に気がついた。それともちょうどそのとき、ない脳《のう》みそをしぼって、ようやくどうするか決めたのかもしれない。ともかく、男の虫捕《むしと》り網《あみ》がふりおろされるのと同時に、魂《たましい》たちはらせんを描《えが》いて上昇《じょうしょう》しはじめた。先頭はゲイブリエル・ド・ウィットだった大きな魂《たましい》だ。そして、通りの角の家の屋根のむこうへ消えていった。

男は憤《いきどお》りのあまり金切り声をあげると、自分も宙《ちゅう》に舞《ま》いあがった。キャットとトニーノもひきずられ、きりきりと回転したり、横にゆれたりしながら、空中にひきあげられた。そして、体《たい》勢《せい》を立てなおすこともできないうちに、ものすごいスピードで、煙突《えんとつ》や屋根の上をひっぱられていった。

キャットがトニーノをひきよせ、トニーノがキャットにしがみつき、それぞれまだ握《にぎ》りしめていた虫捕《むしと》り網《あみ》でうまくバランスをとれば、空中でゆれたりまわったりしないでいられることに二人して気づいたころには、スピードはさらに上がっていた。突風《とっぷう》が目に痛《いた》く、髪《かみ》がばたばたなびく。よりそいあった小さな緑色の魂《たましい》たちが、前方を逃《に》げていくのが見える。その下には、草ぼうぼうの野原。ロバが何頭かいる。と思ったら、すぐに林になった。次にふと空を見ると、これまでは見えていなかった大きな半月が、雲の隙間《すきま》から顔を出していた。月の光で、魂《たましい》たちはますます明るい緑に輝《かがや》いている。

「もっと速く！」林の上へ、びゅんびゅんと二人をひっぱって飛んでいきながら、男がぶっきらぼうに言った。

「こっちと同じくらい、速く行け、こっちと同じくらい、速く行け」トニーノがつぶやいているのを、キャットは耳にした。

すると、どうやらそのとおりのことが起きた。男はさらに三度にわたって、「もっと速く！」

と叫《さけ》んだ。はじめは月がぱっと姿《すがた》を消し、下のながめがいきなり、千もの家々の屋根や煙突《えんとつ》がびゅんびゅん流れゆくさまに変わったとき。次は、にわか雨がふってきたとき。最後に、満月の光がふりそそぐ公園みたいなものの上に来たとき。なのに、前方を逃《に》げていく小さな緑色の魂《たましい》たちは、そのたびに同じだけスピードを上げるらしく、男とのあいだの距離《きょり》は少しも変わらなかった。下の方に黒々と見える景色《けしき》はまたもや変わったが、魂《たましい》たちには少しも近づけない。かといって、ひきはなされもしなかった。

「こんちくしょう！」男があえぎながら言った。「やつら、未来へむかっていやがる。もう、百五十年も先まで来てしまった。こぞうども、おまえらの力を貸《か》せ。命令だ！」

キャットは、体にまつわりついている見えないクモの糸――この糸でひっぱられているのだ――を通して、自分の力がざーっと吸《す》い取《と》られていくのを感じた。気分の悪くなる感覚だったが、おかげで、頭の中にもやもやとかかっていた霧《きり》がいくらか晴れてきた気がする。ぐんぐんひっぱられて飛んでいきながら、頭の中でおぼろな記憶《きおく》がぱっぱっとよみがえってきた。だいたいがだれかの顔や、場所の映像《えいぞう》だ――どこかの城《しろ》、ハンサムな黒い髪《かみ》の男の人が何か皮肉を言っているようす、長手袋《ながてぶくろ》をはめた女の人、ベッドに横たわったすごく年とったおじいさん。このときは、においもよみがえった。そのおじいさんのまわりでは、かびくさいようないやなにおいがしていた――今、先をびゅんびゅん進んでいる男の方から風に乗って吹《ふ》きつけてくるにおいと、そっくりだ。

だが、こうした記憶《きおく》を、意味がわかるようにつなぎあわせることはできなかった。キャットはそれよりも、眼下《がんか》の煙出《けむだ》しつきの煙突《えんとつ》がある家々が、どんどん野や林の方へも広がっていき、畑にそってずらっとならびはじめたことや、トニーノがさっきからずっと、「こっちと同じくらい、速く行け、こっちと同じくらい、速く行け」とくり返しつぶやいていることの方に、気をとられていた。

「ひょっとして、あいつの呪文《じゅもん》を利用してるの？」キャットは小声できいてみた。

「そうだと思う。こういうの、前にも、やったことがある気がしてきた」トニーノがささやき返した。

キャットも、トニーノにはそういうことができる、と知っている気がした。だが、どうして知っているのか思い出せずにいるうちに、下の景色《けしき》がまたがらりと変わった。今度はりっぱなガス灯《とう》が街路《がいろ》にならんでいた。広い並木道《なみきみち》ぞいには、大きな庭のある家々がぽつんぽつんと立っている。前方の小さな光る魂《たましい》たちの集団《しゅうだん》は、村の緑地らしいところを飛びこえ、かすかにきらめく鉄道の線路の上へと大急ぎで飛んでいく。

「ここ、知ってるよ！　ぼくたち、けさ、ここにいたんじゃないか？」キャットが言った。

と同時に男も、面食らったようにぶつぶつ言いはじめた。「自分の体のあるところに、みんなを連れていこうとしてるのかと思ったんだが……もう通りすぎてしまった。となると、どこに行くつもりなんだ？」

三人の前で、魂《たましい》たちは何本かの高い木の上をぴゅーんと飛《と》びこしたあと、いきなり急降下《きゅうこうか》した。明かりのついた窓《まど》がたくさんある高い建物にむかっているようだ。男はまだ腑《ふ》に落ちないようすでぶつぶつ言い、しんどそうにうなりながら、キャットとトニーノをひっぱってなんとか木の上を越《こ》え、追っていった。

すると、相変わらず大きな魂《たましい》に先導《せんどう》され、一列にならんだきらきらする魂《たましい》たちが、建物の真ん中にある大きなアーチがついた扉《とびら》の奥《おく》へと、静かに入っていくのが目に入った。男はそれを見るなり、かっとなってわめき声をあげ、とんでもない勢《いきお》いで降下《こうか》しはじめた。あまりの速さに、キャットは思わず目をつぶった。ただ落ちるのよりもっと速いくらいだ。

ドドドッシーン、と三人は着地した。さいわい、下はやわらかい芝生《しばふ》だった。トニーノとキャットはすぐに立ちあがった。だが、男はすっかり息を切らし、ゼイゼイいいながらよろよろと起きあがった。さっきよりずっとやせこけ、腰《こし》が曲がり、目や頬《ほお》がいっそう落ちくぼんでいるように見える。本物のサルだといっても通りそうなくらいだ。虫捕《むしと》り網《あみ》によりかかるようにしてあえいでいる男のようすは、夜なのにはっきりと見えた。扉《とびら》のアーチの上に、大きな明かりがついていたからだ。明かりは、アーチの石に刻《きざ》まれた文字を照《て》らし出していた――『聖心病院《せいしんびょういん》』。

「病院だと！」男がまだあえぎながら言った。「なんでこんなところに？　おい、ぼーっと突《つ》っ立って見てるんじゃない、ぼんくらども！　連中をつかまえるんだ！」男はすぐに、虫捕《むしと》り網《あみ》を杖代《つえが》わりに使って歩きだしながらつぶやいた。「くそ、未来に来ると、どうしていつもこんなに年よりになっちまうんだ？　おい、ぐずども、さっさと来んか、さっさと！」

男はキャットとトニーノをひきずり、入口から、いかにも病院という雰囲気《ふんいき》の廊下《ろうか》へと足を踏《ふ》み入れた。やけに明るい照明のついた、うす緑色の長い廊下《ろうか》。消毒薬のにおいがきつくて、男のにおいさえ消えてしまう。キャットとトニーノはふいに、自分たちの汚《きたな》い格好《かっこう》がひどく気になり、あとずさろうとした。

ところが、廊下《ろうか》のつきあたり近くにある階段《かいだん》の前で、魂《たましい》の小さな集団《しゅうだん》がうろうろと浮《う》かんでいるのが見えた。強い光のせいで黄色っぽく透《す》き通って見える。またしても、これからどうするか決めかねているみたいだ。それを見た男は元気をもり返し、虫捕《むしと》り網《あみ》をふりまわしながら、いきなり突《つ》っ走《ぱし》りはじめた。キャットたちもひっぱられて、突《つ》っ走《ぱし》らないわけにはいかなかった。

廊下《ろうか》の半分くらいまで走ったあたりで、ドアのひとつが開いて、シスターが膿盆《のうぼん》（マメの形をした金属製の盆）を持って出てきた。頭には帆《ほ》をいっぱいにはった船みたいに大きくとがったところがある、ぴんと糊《のり》のきいたかぶりものをかぶっている。

ああいうのをかぶった人につっこむのはいやだな、とキャットが思うひまもないうちに、男は黒いローブをひるがえし、気の荒《あら》いサルのようにずんずんシスターにむかっていったので、キャットとトニーノも逆《さか》らえずにあとから突進《とっしん》していった。すると、シスターの方がぱっとよけてくれた。かぶりものがバサバサと大きな音をたてた。シスターは膿盆《のうぼん》をしっかりかかえ、出てきたドアの方へあとずさりながら、三人が飛ぶように通りすぎていくようすを呆然《ぼうぜん》と見つめていた。

魂《たましい》たちは三人に気づき、どうするか決めたようだった。大きな魂《たましい》が階段《かいだん》の方へ飛んでいき、ほかのものも次々にあとを追うと、階段《かいだん》の壁《かべ》にペンキでくっきりと描《えが》かれた緑の線にそって、さあっと上がっていく。階段《かいだん》の前を通りすぎそうになった男は、片足《かたあし》でぴょんぴょんとぶようにして止まり、ばっとそっちをむくと、魂《たましい》たちのあとを追ってどすどすかけあがっていった。いやおうなく、キャットとトニーノもあとに続いた。

全員が階段《かいだん》を上がりきると、ちょうどべつのシスターが、スイングドアを開けて横むきに出てこようとしているところだった。哺乳瓶《ほにゅうびん》がいっぱいのった大きなお盆《ぼん》を運び出すところらしく、ドアが勝手に閉《し》まらないように背中《せなか》で押《お》さえている。魂《たましい》たちは、シスターのぴんとはった巨大《きょだい》なかぶりものを上手にくるりとよけ、ドアのむこうの大部屋へ入っていった。

シスターは魂《たましい》たちに気づかなかった。が、もちろん、男には気づいた。くるったサルのような男が、必死になるあまり、笑っているようなひきつった顔で、ぴょんぴょん近づいてくる。そのあとから、汗《あせ》びっしょりでクモの巣まみれの汚《きたな》らしい男の子たちもやってくる。シスターはお盆《ぼん》を取り落とし、悲鳴《ひめい》をあげた。

男はシスターを乱暴《らんぼう》に押《お》しのけ、キャットたちをひきつれて、大部屋にかけこんだ。

中は照明《しょうめい》の暗い、細長い部屋だった。両側にベッドがずらっとならんでいる。魂《たましい》たちは部屋の真ん中あたりで、相変わらずひとまとまりになってそろそろと飛んでいた。この部屋は病室だというのに、ちっとも静かではなかった。キャットは、ミヤマガラスの群《む》れの中にとびこんでしまったような、妙《みょう》な気分になった。ちょっと変わったカーカーいうような声がたくさん、部屋じゅうに響《ひび》いていたのだ。

カーカー声が、それぞれのベッドのわきにとりつけられた白いゆりかごから聞こえているとわかるまで、ちょっとかかった。ベッドに寝《ね》ているのはみんな女の人で、どの人もとても疲《つか》れた顔をしている。それぞれのゆりかごの中には、しわくちゃの赤い顔をした生まれたばかりのちっちゃな赤ん坊《ぼう》がいた——かどうかは本当は見えなかったが、少なくともキャットのすぐそばにあるゆりかごには、そういう赤ん坊《ぼう》が二人入っていた。やかましい声のもとは、赤ん坊《ぼう》たちだったのだ。シスターが悲鳴をあげ、哺乳瓶《ほにゅうびん》がガシャンガシャン割《わ》れたのに続いて、ドアがバタンと閉《し》まり、男がキャットとトニーノをベッドのあいだの通路へとひっぱっていきながら、怒《いか》りくるったどなり声をあげたので、部屋にいた赤ん坊《ぼう》が一人また一人、ついには残らず目を覚《さ》ましてしまったらしく、泣き声はますますうるさくなってきた。

「ここ、産科の病室じゃないか」キャットは、できればさっさと出ていきたい、と思った。

トニーノはひどく息を切らしていたが、にやっと笑ってみせた。「そうだよ。魂《たましい》たちも、やっと知恵《ちえ》がまわるように、なったんだね」

一方男は、「やつらを止めろ！　赤ん坊《ぼう》の中に入らせるな！　入られたらもうおしまいだ！」と叫《さけ》びながら、虫捕《むしと》り網《あみ》をふりかぶり、より集《あつ》まっている魂《たましい》たちにむかって突進《とっしん》していった。

トニーノが言ったとおり、魂《たましい》たちもようやく知恵《ちえ》が働くところを見せてくれた。男が網《あみ》をふりながら突進《とっしん》していくと、いっせいに網《あみ》より高いところへ舞《ま》いあがり、八方へちりぢりになったのだ。男は虫捕《むしと》り網《あみ》をふりまわしてどなり、魂《たましい》たちが高いところからおりてこられないようにした。でもそれがうまくいったのはほんのわずかなあいだだけで、すぐに、ふたつの魂《たましい》が男の背後《はいご》にまわりこみ、すーっと下降《かこう》してきた。

アイビーの葉の形のと、イチジクの葉の形の魂《たましい》だ。ふたつは、ひと組の流れ星のように、それぞれべつのゆりかごへと勢《いきお》いよく落ちていった。どちらも赤ん坊《ぼう》の上でちょっと止まってから、アーンアーンとわめいている大きく開いた口の中へゆっくりとおりていき、奥《おく》に消えてしまった。二人の赤ん坊《ぼう》の顔に、ひどく驚《おどろ》いたような表情《ひょうじょう》が浮《う》かんだ。それから二人は顔をくしゃくしゃにゆがめ、短い腕《うで》をばたばたさせて、いっそう激《はげ》しく泣きわめきはじめた。急に魂《たましい》がふたつになっちゃったんだから、きっとすごく変な気がしてるんだろうな、とキャットは思った。でも、きっと害《がい》にはならないよ。サル男からのがれるには、もってこいのところだし……

キャットはトニーノをつついて言った。「手伝ってやろうよ」

トニーノもうなずいた。二人は病室の奥《おく》へと進んでいった。ちょうどそのとき、さらにやっかいなことになりはじめた。サル男があっちこっち走りまわりながら、ひゅんひゅん飛んでいる魂《たましい》たちをつかまえようと網《あみ》をふりまわすので、母親になりたての女の人たちが次々と、疲《つか》れていた体を起こし、文句《もんく》を言いだしたのだ。母親たちには魂《たましい》は見えないようだったが、男のことはしっかり見えていた。

「あなた、いったい何やってるの？」と、何人かがきつい口調《くちょう》できいた。

べつの母親が、「こんな頭のおかしい人に、私《わたし》の赤ちゃんに近よってほしくないわ！」と言い、ゆりかごで泣きわめいていたわが子を胸《むね》にしっかりと抱《だ》きよせた。ちょうどその赤ん坊《ぼう》の上まではばたいてきて、ちょっと止まっていたカエデの葉の形の魂《たましい》は、あわててとなりのゆりかごまで飛んでいくはめになった。それを追って男が網《あみ》をふりおろしたが、はずれた。

赤ん坊《ぼう》を抱《だ》きあげた母親の、となりのベッドにいた母親が言った。「この人、気がふれているのよ。ベルを押《お》して、助けを呼《よ》んで」

「もう呼《よ》んだの」むかいのベッドの母親が言った。「さっきから二回も押《お》してるんだけど」

「やだわ！」と、何人かの母親たち。ほかの何人かは、「出ていかないと警察《けいさつ》を呼《よ》ぶわよ！」と男にむかってどなった。

そのあいだに、魂《たましい》たちは次々に男から飛んで逃《に》げ、赤ん坊《ぼう》たちの中へと姿《すがた》を消していった。

残っているのは、あとふたつだけ。いちばん古い魂《たましい》と、いちばん新しい魂《たましい》だ。古い魂《たましい》は、さっきよりは少し成長したように見えるものの、まだいじけたようすで、飛び方も明らかに弱々しく、まごまごしている。何度も赤ん坊《ぼう》の口に入ろうとするのだが、のろのろ、おずおずとおりてくるので、そのたびに男の虫捕《むしと》り網《あみ》がふりおろされ、やっとのことでまた天井《てんじょう》まではたはたと舞《ま》いあがっていく。天井《てんじょう》近くでは、いちばん新しくて大きな魂《たましい》がはばたきながら待っていた。

古い魂《たましい》に、どうしたらいいか教えてやろうとしているようだ。

古い魂《たましい》がおどおどしたようすでまた下降《かこう》を始めたとき、キャットとトニーノは助けにむかった。男がふりむき、つかまえようと走りだした。が、横すべりして動きを止めた。ちょうどそのとき、病室のドアがばっと開き、すごみのある声が響《ひび》いたからだ。

「さて、これはいったいどういうことですか？」

修道院長《しゅうどういんちょう》だった。糊《のり》のきいたかぶりものがばかでかいとか、紺色《こんいろ》の修道服《しゅうどうふく》がひどく地味だとか、腰《こし》から大きな銀の十字架《じゅうじか》をぶらさげているとか、身長が百八十センチもあるなんてことを見なくても、その女の人が何者かは、すぐにわかった。あまりにはっきりと、えらそうで強い感じがするので、その人が病室の中へつかつかと入ってくると、赤ん坊《ぼう》たちまでほぼみんな泣くのをやめた。

もとゲイブリエル・ド・ウィットだった大きな魂《たましい》が、天井《てんじょう》近くから急降下《きゅうこうか》してきて、まだ泣いているただ一人の赤ん坊《ぼう》の口に、ぎりぎりのところですべりこんだ。起きあがっていたお母さんたちはあわててまた横になり、自分の子を胸《むね》に抱《だ》いていたあのお母さんも、きまり悪そうに子どもをゆりかごにひょいと戻《もど》し、やはり横になった。やはりきまりが悪くなって立ちどまったキャットとトニーノは、生まれたばかりの弟か妹に会いに来ているふりをした。

サル男の一本線のような口が、あんぐりと開いた。まるで修道院長《しゅうどういんちょう》に呪文《じゅもん》をかけられたみたいだ。でもこれは魔法《まほう》じゃないな、とキャットは思った。修道院長《しゅうどういんちょう》の冷たい視線《しせん》が自分をよぎったとき、わかったのだ。これは、この人の人格《じんかく》そのものが持つ力なんだ。できることなら、床《ゆか》の下へ沈《しず》んでしまいたい気分になる。

修道院長《しゅうどういんちょう》が男にむかって言った。「ちょっとあなた。ここで何をなさってるか知りませんけど、その虫《むし》捕《と》り網《あみ》を持って汚《きたな》らしい浮浪児《ふろうじ》たちを連れて、今すぐ出ておいきなさい。さあ」

「わかりました、おおせのとおりに」男がへこへこしながら言った。本当に申《もう》しわけないと思っているように、もじゃもじゃの毛が生えたサル顔をゆがめている。そして実際《じっさい》、言われたとおり出ていこうとした。

ところがそのとき、天井《てんじょう》近くをうろたえたようすでよろよろ飛んでいたいじけた古い魂《たましい》が、この人になら守ってもらえそうだ、とにわかに考えたらしく、修道院長《しゅうどういんちょう》の巨大《きょだい》な白いかぶりものをめざし、らせん状《じょう》にひらひらとおりてきて、いちばん高くぴんとはったところのてっぺんに、か弱くふるえながらとまった。男ははっとして、サルみたいな丸い目でその魂《たましい》をじっと見つめた。

「さあ、早く」と修道院長《しゅうどういんちょう》。

サル男は顔をくしゃくしゃにゆがめた。「せめてこいつだけは手に入れよう」キャットには、そうつぶやく声が聞こえた。そして男は、何かを投げるような動作をして言った。「動くな」

すると、修道院長《しゅうどういんちょう》はすぐに、彫像《ちょうぞう》みたいにかちんこちんになってしまった。赤ん坊《ぼう》たちのほとんどが、また泣きだした。

「これでよし。だいたい、シスターってやつらは気に入らなかったんだ。信心深くていやになる」男は爪先立《つまさきだ》ちで修道院長《しゅうどういんちょう》に近づき、かぶりものの上にとまっている古い魂《たましい》を網《あみ》におさめようとした。だが修道院長《しゅうどういんちょう》のかぶりものは、男には高すぎた。網《あみ》をふりおろすと、かぶりものががさがさゆれ、一緒《いっしょ》に修道院《しゅうどういんちょう》長自身もゆらゆらしたが、魂《たましい》は網《あみ》の中には入らず、双子《ふたご》が寝《ね》ているゆりかごの中へ横っとびにはじかれた。ちょうどうまいぐあいに、双子《ふたご》たちはギャアギャア泣いていた。

キャットには、魂《たましい》がありがたいとばかりに飛びおりていくのが見えたが、双子《ふたご》のうちどっちの口に入ったかまでは、見届《みとど》けられなかった。男に乱暴《らんぼう》に押《お》しのけられたからだ。ベッドにとりつけられているゆりかごをはずそうとしながら、男は叫《さけ》んだ。

「少なくとも、こいつはいただく！　また最初っからやりなおしだが、ともかくひとつはこのおれのものだ！」

「そうはさせないよ！」と双子《ふたご》の母親が言うと、ベッドからがばっとおり立ち、男にむかってきた。巨大《きょだい》だ。自分の手で畑を耕《たがや》し、収穫《しゅうかく》し、パン種をこね、洗濯物《せんたくもの》の汚《よご》れをばしばしたたいて落としてきたにちがいない、なみの男よりよほど強そうなぶっとい腕《うで》をしている。腕《うで》以外の体の部分は特大の白いねまきに覆《おお》われていたが、フリルのついたえりの上の顔はびっくりするほどきれいで、その顔には、子どもたちを渡《わた》してなるものか、という表情《ひょうじょう》が浮《う》かんでいた。

キャットはその表情《ひょうじょう》をひと目見ると、ちょうど横を通りすぎていくその人に、自分の虫捕《むしと》り網《あみ》をうやうやしくさしだした。母親はありがとう、というふうにうなずいて受け取ると、手早くそれを逆《ぎゃく》に持ちなおし、網《あみ》に近いところを握《にぎ》った。

「ゆりかごを放《はな》しな。でないと、ひどい目にあうよ」

男はあわててゆりかごをベッドにかけなおし、あとずさった。「ねえ奥様《おくさま》、ここはひとつ、落ち着いて話しあいませんか」やけに愛想《あいそ》のいい、なだめるような口調《くちょう》だ。「奥様《おくさま》がお持ちの、このごりっぱな赤ん坊《ぼう》二人とひきかえに、金貨を一枚《いちまい》さしあげますが？」

巨大《きょだい》な母親は、「そんなむかつく話、聞いたことがない！」と言い、両手で虫捕《むしと》り網《あみ》の柄《え》を握《にぎ》りしめ、ふりあげた。

男が、「じゃ、金貨二枚《にまい》！」と叫《さけ》んだときにはもう、虫捕《むしと》り網《あみ》の柄《え》がヒュンとふりおろされ、頭にバシッとあたっていた。帽子《ぼうし》が脱《ぬ》げて落ち、まばらに毛の生えた茶色い頭がむきだしになる。

男は金切り声をあげ、横へよろめくうちに、修道院長《しゅうどういんちょう》にむかって倒《たお》れていった。キャットとトニーノは、あわてて修道院長《しゅうどういんちょう》のところへとんでいき、うしろから支《ささ》えてやった。院長の正面にぶつかった男は、ずずずっとすべって床《ゆか》に倒《たお》れながら、わめきつづけていた。

と、倒《たお》れるとちゅうで、むきだしになった男の頭が、修道院長《しゅうどういんちょう》の腰《こし》からぶらさがっていた銀の十字架《じゅうじか》にあたった。バチッ、という変な音がし、同時にひどい悪臭《あくしゅう》がたちこめた。男は、体じゅうをびくびくふるわせながら床《ゆか》に倒《たお》れた。やけに軽い、パサッ、という音がし、キャットが見おろすと、男の倒《たお》れたところには、茶色い古びた死体がころがっていた。すっかりひからびて縮《ちぢ》んでいて、サルのミイラそっくりだ。何世紀も前に死んだみたいに見える。

キャットはまず、男の魂《たましい》が出てきたんじゃないかと不安になって、あたりを見まわした。そいつには赤ん坊《ぼう》の中に入ってほしくない。でも、スパイダーマンの魂《たましい》は、もともとはあったとしても、もうとっくの昔になくなっていたようだ。魂《たましい》らしいものはひとつも見えないし、気配もしない。そこでキャットは、ミイラみたいな茶色いものをまた見おろし、身ぶるいしながら思った――こういうのが悪の大魔法使《だいまほうつか》いだっていうんなら、ぼくはぜったいなりたくないや！

そう考えたとき、自分がだれだか思い出したことに気づいた。そうだ、ぼくも大魔法使《だいまほうつか》いなんだった。急にいろんな感情《かんじょう》や記憶《きおく》がわっと押《お》しよせてきて、キャットは身動きできなくなってしまった。

まわりでは赤ん坊《ぼう》たちが全員、力いっぱい泣いていたが、母親たちの多くは歓声《かんせい》をあげていた。双子《ふたご》の母親はベッドに腰《こし》をおろし、「なんだかめまいがするよ」と言った。

「むりもありませんよ！」と、修道院長《しゅうどういんちょう》が言った。「よくやってくれましたね。見たことがないほどみごとな一撃《いちげき》でしたよ」

修道院長《しゅうどういんちょう》のむこう側にいたトニーノが、よく通るきれいな声をはりあげて叫《さけ》びだした。「クレストマンシー！　クレストマンシー！　すぐに来て！」

そうだ、もっと何時間も前からそう呼《よ》んでいればよかったんだ、とキャットも思い出した。

汽車が通りすぎるときのように、さわがしい音とあたたかい風がわきおこった。まったくの異《い》世界《せかい》のものらしい、ぴりっとした嗅《か》ぎなれないにおいもする。見ると、クレストマンシーが病室にいて、修道院長《しゅうどういんちょう》のすぐ真むかいに立っていた。

二人のとりあわせはひどく奇妙《きみょう》に見えた。第一系列《けいれつ》の世界で最高賢者《さいこうけんじゃ》の選出会議に出ていたクレストマンシーは、やたらとだぶだぶした黒いズボンの上に、ぴちっとしたミニのワンピースのような白いチュニックを着ていた。どうやらこれが正装《せいそう》らしいのだが、その服装《ふくそう》のせいで、背《せ》の高い修道院長《しゅうどういんちょう》よりもさらに高くそびえて見える一方、やけに細く見えた。

「ああ、マザー・ジャニサリーですか。こんばんは。たしか、去年お目にかかりましたね」クレストマンシーが言った。

「ええ、教会法会議で。ですが、私《わたくし》の名はマザー・ジャスティニアです」修道院長《しゅうどういんちょう》が答えた。「サー・クリストファー、いらしていただいてたいへんうれしゅうございます。少々こまったことになっておりましたので」

「そのようですね」クレストマンシーは言い、ネヴィル・スパイダーマンのなれのはてを見おろしたあと、キャットとトニーノに視線《しせん》を走らせた。それから病室じゅうを見まわし、泣きわめく赤ん坊《ぼう》たちやじろじろこっちを見ている母親たちに気づくと、さっぱりわけがわからない、という表情《ひょうじょう》になった。「病院へ面会に来るには、やや遅《おそ》い時間のようだが。私《わたし》をふくめ、みんながどうしてここにいるのか、説明を聞きたいものだな」クレストマンシーが片方《かたほう》の眉《まゆ》をつりあげ、さっと簡単《かんたん》な手ぶりをすると、赤ん坊《ぼう》たちはいっせいに泣きやみ、すやすやと寝入《ねい》ってしまった。

「これでよし。トニーノ、きみに話してもらおう」

トニーノは、はっきりとわかりやすく説明した。もっとつけくわえたくなったところもあったものの、キャットはほとんど口をはさんだりしなかった。すっかり恥《は》じ入っていたからだ。九つの命を持った大魔法使《だいまほうつか》いである自分が、スパイダーマンの呪文《じゅもん》にかかり、自分が何者かを忘《わす》れてしまったためばかりではない――そもそも呪文《じゅもん》に気づくべきだったんだ、あの古い辻《つじ》馬車の中にかかっていたにちがいない――トニーノが気に食わないということにばかり気をとられて注意をおこたったせいで、二人とも殺されちゃいそうなはめにおちいってしまったことも、恥《は》ずかしかったのだ。

トニーノが、キャットはとても頼《たよ》りになりました、としきりにほめ、スパイダーマンの呪文《じゅもん》がかかっていたのに、キャットはがんばって魔法《まほう》を使っていたんですよ、などと言うので、キャットはいっそう恥《は》ずかしくなった。どちらも本当とはいえない、と思ったからだ。自分でよかったと思えるのは、囚《とら》われていた魂《たましい》たちがかわいそうになって、助ける気持ちになったことだけだ。それから、自分がトニーノのことを好きになっているのに気づいて、なんだかうれしくなった。トニーノは終始《しゅうし》すごくしっかりと落ち着いていて、最高の相棒《あいぼう》だった。それに、人の魔法《まほう》を増幅《ぞうふく》するトニーノの魔法《まほう》の方が、ぼくの倍は役にたったたんじゃないかな。

「では、ゲイブリエル・ド・ウィットは、ついに死んでしまったのだな」クレストマンシーが悲しそうに言った。

「完全に死んじゃっては、いません」トニーノが、寝《ね》ている赤ん坊《ぼう》たちを指すように手をふってみせた。「このうちの、だれかの中にいます」

「まあそうだろうが、たぶんそのぼうや——か、お嬢《じょう》さんは、もう自分がゲイブリエルだとは覚《おぼ》えていないんじゃないかな」クレストマンシーはため息をついた。「するとネヴィル・スパイダーマンは、時間の流れから切りはなされた〈時の泡《あわ》〉の中にひそんで、歴代《れきだい》のクレストマンシーの魂《たましい》を集めていた、というわけだな？　おそらくは、待つあいだ自分の寿命《じゅみょう》をひきのばすために、弟子たちの命をうばってきたのだろう。今回さらったのがきみたち二人で、よかったよ。そうでなければ、やつを止めることはできなかっただろう。だがこれで、やつも一巻《いっかん》の終わりとなったわけだ。さて、ここにある残骸《ざんがい》だが、片《かた》づけてしまった方がいいだろうな。どうも、病気でもうつりそうに見えるよ」それからクレストマンシーは、修道院長《しゅうどういんちょう》にたずねた。「この病院は、できてからどのくらいたちますか？」

「七十年ほどになりますが」修道院長《しゅうどういんちょう》は、ちょっとびっくりしたように答えた。

「で、ここに病院が建《た》つ前には、何があったかごぞんじですか？」と、クレストマンシー。

修道院長《しゅうどういんちょう》は、さあ、というように肩《かた》をすくめた。かぶりものがゆさゆさとゆれた。「ただの畑だと思いますよ」

「それはよかった。ということは、場所は動かさずに、ただ過去《かこ》へ送ればいいわけだ。畑でこいつにつまずくことになる人物には少し気の毒だが、私《わたし》の覚《おぼ》えている史実ともぴったり合う。この男は、ダリッジの近くのどこかのみぞで死んでいるのが見つかったことになっているんだ。さてと、みんな、さがっていてくれないかね？」

キャット、トニーノ、マザー・ジャスティニアは、一歩うしろにさがりかけた。が、さがりきらないうちに、床《ゆか》にころがったサルみたいなものが青い光に包まれて消え、ネヴィル・スパイダーマンはもういなくなっていた。続いてそこに、病院らしいにおいがつんとする水たまりが現《あらわ》れたと思ったら、あっというまに蒸発《じょうはつ》していった。

「ついでに消毒《しょうどく》しといた」クレストマンシーが説明した。「あとは、八つの魂《たましい》のことだが。キャット、魂《たましい》たちがどの赤ん坊《ぼう》に入ったか、覚《おぼ》えていないか？」

キャットはますます恥《は》ずかしい気持ちでいっぱいになった。赤ん坊《ぼう》の顔なんて、どれも同じに見えてしまう。それにあのときは、魂《たましい》たちがあっちこっちへ飛びまわっていたから、いちいち覚《おぼ》えてなんかいられなかったのだ。

「まるっきりわかりません。双子《ふたご》のうちの一人はたしかですけど、どっちだったかまでは……思い出せるのは、それだけです」キャットは正直に言った。

「みんなちりぢりに、飛んでったんです」トニーノも言ってくれた。「お母さんたちには、わからないんでしょうか？」

「たいていの人間には、魂《たましい》が見えないんだよ。見るには魔力《まりょく》がいる。やれやれ、しかたない。地道に取り組むとするか」

クレストマンシーはそう言うなり、くるりとうしろをむいて、指をパチッと鳴らした。クレストマンシーの秘書役《ひしょやく》のトムが、病室の入口近くにぴょこんと現れ《あらわ》た。見るからに、こんな形で呼《よ》び出されることにはなれていないようすだ。ちょうど結ぼうとしていた水玉模様《もよう》の蝶《ちょう》ネクタイを落としそうになった。だがキャットが見ていると、トムは母親たち、赤ん坊《ぼう》たち、修道院長《しゅうどういんちょう》、そして汚《きたな》らしくだらしない格好《かっこう》をしたキャットたちをぐるりと見まわしたあと、こんなながめにはなれてます、といわんばかりの顔をしてみせた。クレストマンシーが言った。

「トム、悪いが、この病室をひとまわりして、ここにおいでのお母様方と赤ん坊《ぼう》たち全員の名前と住所をひかえてくれないかね？」

「お安いご用です」トムは、いかにものみこみの早い腕《うで》ききの秘書《ひしょ》ぶって言った。

母親たちの中の何人かは、この話を聞いて、むっとした顔になった。マザー・ジャスティニアがきいた。

「どうしてもそうなさらなくてはいけませんの？　うちの病院では、患者《かんじゃ》のプライバシーは明かさない方針《ほうしん》なのですが」

「まったくもって、しなくてはならないことなのです」クレストマンシーは母親たち全員に聞こえるよう、声を大きくした。「ここにいる子どもたちのうちの何人かは、非常《ひじょう》に強い魔力《まりょく》を持って成長していくことになります。妙《みょう》な記憶《きおく》を持っていることもあるかもしれません。そのせいで子どもたちもお母様方も、恐《おそ》ろしい思いをするかもしれません。私《わたくし》どもは、そのようなことが起きた場合に、お手伝いできるようにしておきたいのです。そして、その際《さい》には、魔力《まりょく》の使い方を正しく指導《しどう》したいと考えております。ただ、どの子にそうした才能《さいのう》が現《あらわ》れるかは私《わたくし》どもにもわかりませんので、ここにいるすべての子どもたちの行く末を見まもっていかなければならないと判断《はんだん》いたしました。そこで、一人一人が十八歳《さい》になるまでのあいだ、毎年政府《せいふ》から五百ポンドを支給《しきゅう》することにします。いかがでしょうか？」

「つまり、子どもに魔力《まりょく》があってもなくても、お金はもらえるってこと？」母親の一人がたずねた。

「そのとおりです。もちろん、年に一度、魔力《まりょく》のテストを受けにクレストマンシー城《じょう》へ来てくれるお子さんにだけ、さしあげることになりますが」と、クレストマンシー。

べつの母親が小声で言った。「うちの子は、もともと魔力《まりょく》を持っていたかもしれないわ。母さんの方のじいちゃんが――」

そのとき、双子《ふたご》の母親が言った。「私《わたし》はもらうよ。この子たちを育てていく金をどこからひねりだそうかって、こまってたところだからさ。双子《ふたご》だなんて思ってもいなかったもの。どうもありがとうございます」

「どういたしまして」クレストマンシーは双子《ふたご》の母親にむかっておじぎをした。「くわしいことは、トムがお話ししますので」

ちょうどノートとペンを魔法《まほう》で呼《よ》びよせたところだったトムは、ぎょっとして、そんなことを急に言われても、というような顔をした。だが、クレストマンシーは気づかないふりをして、キャットにむかって言った。

「なんとかやるだろう、トムはこういう仕事のために雇《やと》われているんだから。さて、きみとトニーノは、ひと風呂《ふろ》浴《あ》びて、たっぷり食事したいという顔だな。さあ、城《しろ》に帰ろう」

「でも……」と、キャット。

「なんだね？」と、クレストマンシー。

キャットは、自分の感じている恥《は》ずかしさをどう言い表《あらわ》したらいいか、わからなかった。ぼくが、ネヴィル・スパイダーマンみたいな人になる道へ踏《ふ》み出してしまっていたことは、まずまちがいない。でも、クレストマンシーにそんなことはとても言えない。キャットはただ、「ぼくは、何もしてもらう資格《しかく》がありません」と言った。

「あの双子《ふたご》が二人とも毎年五百ポンドもらう資格《しかく》だって、ないようなものじゃないか」クレストマンシーが明るい声で言った。「なあキャット、何を悩《なや》んでいるのか知らないが、きみは魔法《まほう》が使えるということも思い出せなかったのに、危険《きけん》な状況《じょうきょう》を実にうまく切りぬけたと思うがね。そのことをよく考えてみたまえ」

となりでトニーノが大きな声をあげたので、キャットはうなだれていた顔を上げた。と、クレストマンシー城《じょう》の豪華《ごうか》な玄関《げんかん》ホールのシャンデリアの真下、床《ゆか》に描《えが》かれた五芒星《ごぼうせい》の中に立っているのがわかった。ミリーが大理石の階段《かいだん》をかけおりてきた。

「よかった、二人を見つけてくれて！」ミリーはクレストマンシーに叫《さけ》んだ。「ほんっとに心配してたのよ。モーディカイが電話してきて、この子たちを乗せた辻《つじ》馬車が通りのはずれでいきなり消えちゃった、って言うんですもの。モーディカイもひどく動転《どうてん》していたわ。それに、ゲイブリエル・ド・ウィットが少し前にとうとう亡《な》くなったの。もう聞いてた？」

「ああ、まあね。だがある意味では、ゲイブリエルは、まだまだ私《わたし》たちのそばにいるよ」クレストマンシーは、ミリーからキャット、トニーノへと視線《しせん》を移《うつ》した。「おや、おや。みんな、くたくたのようじゃないか。そうだ、いいことがある。はしかの子どもたちが治《なお》ったら、南フランスあたりの別荘《べっそう》を借りるとしよう。プールつきのをね。トニーノはそこからイタリアに帰ればいい。どうかね、トニーノ？」

「わあ！　でも、ぼく、泳げません」と、トニーノ。

「ぼくも。でも、一緒《いっしょ》に習えばいいよ」キャットは言った。

トニーノが、キャットを見てにっこりした。キャットはうれしくなって思った。ぼく、やっぱりトニーノのことが好きだ。それも、すごく。

キャットとトニーノと魂泥棒

キャロル・オニールの百番目の夢《ゆめ》

野口絵美 訳

キャロル・オニールはこの世界で最年少の売れっ子〈夢見師《ゆめみし》〉で、新聞でも神童《しんどう》ともてはやされていた。何かを訴《うった》えるようなまなざしをしてひじかけいすに一人すわるキャロルや、甘《あま》えるようにお母さんにくっついているキャロルの写真が、新聞や雑誌《ざっし》にしょっちゅう登場していた。

お母さんはキャロルのことをとても自慢《じまん》にしている。キャロルが契約《けいやく》している〈魔法使《まほうつか》い白《はく》昼夢出版社《ちゅうむしゅっぱんしゃ》〉も、キャロルをちやほやした。この会社では、キャロルの夢《ゆめ》を、精霊《ジン》のつぼ（ジンとはアラブ世界の精霊。つぼやランプに封印されたジンを解放すると、望みをかなえてくれるとされる）そっくりの、あざやかな青の大きなつぼに入れ、真っ赤なサテンのリボンを結んで売り出していた。それ以外にも、あざやかなピンクのハート形の枕《まくら》に入った〈キャロル・オニールの傑作夢《けっさくゆめ》つめあわせ枕《まくら》〉や、〈キャロルの夢《ゆめ》コミックス〉シリーズ、〈キャロル・オニールの夢《ゆめ》へアバンド〉、〈キャロル・オニールのおまもりブレスレット〉、そのほか五十種類ものいろいろな商品があった。

キャロルが自分は選ばれた人間だと気づいたのは、七つのときだった。つまり、思ったとおりの夢《ゆめ》が見られるし、その夢《ゆめ》を心から分離《ぶんり》させ、有能《ゆうのう》な魔法使《まほうつか》いにひきだしてもらってびんにつめ、ほかの人に見せることができるのだ。キャロルは夢《ゆめ》を見るのが大好きで、今までに九十九本もの長編夢《ちょうへんゆめ》を作り出していた。みんなにちやほやされるのも大好きだったし、自分のかせいだお金で、お母さんがぜいたくなものをたくさん買ってくれるのも気に入っていた。だから、ある晩《ばん》、横になって百番目の夢《ゆめ》を見ようとして失敗したときには、すっかりうちのめされてしまった。

お母さんも、たいへんなショックを受けた。キャロルの百番目の夢《ゆめ》の誕生《たんじょう》を祝おうと、簡単《かんたん》なパーティーの手配をしたばかりだったからだ。〈魔法使《まほうつか》い白昼夢出版社《はくちゅうむしゅっぱんしゃ》〉も、お母さんと同じくらいショックを受けた。担当者《たんとうしゃ》の人のいいプロイズさんは真夜中《まよなか》にたたきおこされ、朝いちばんの汽車でキャロルの住むサリー（英国南東部の内陸にある州）までかけつけてくれた。そして、お母さんとキャロルをなぐさめ、もう一度横になって挑戦《ちょうせん》してごらん、とキャロルをはげました。

でも、キャロルはやっぱり夢《ゆめ》を見られなかった。それから一週間、毎日がんばってみたけれど、普通《ふつう》の人が見るような夢《ゆめ》すらまったく見なかったのだ。

ただ一人、お父さんだけが落ち着いていた。百番目の夢《ゆめ》をめぐるさわぎが始まったとたん、お父さんはさっさと釣《つ》りに出かけてしまった。プロイズさんとお母さんは、キャロルが過労《かろう》か病気なのかもしれないと思い、一流のお医者さんに片《かた》っぱしから診察《しんさつ》してもらった。でも、どちらでもないとわかった。そこで、お母さんはキャロルをロンドンのハーレー街《がい》（一流の診療所がずらりとならんでいる通り）まで連れていき、有名な精神科《せいしんか》の魔法使《まほうつか》い、ヘルマン・ミンデルバウム先生に診《み》せた。でも、ミンデルバウム先生も、どこも悪いところはない、と言った。お嬢《じょう》さんの心はまったく健康で、こんな状況《じょうきょう》にしては意外なほど自信にあふれていますよ、と。

家に帰る車の中で、お母さんはわんわん泣いた。キャロルもしくしく泣きだした。プロイズさんがあせったようすで言った。

「ともかくぜったいに、新聞に嗅《か》ぎつけられないようにしないと！」

でも、もちろん遅《おそ》すぎた。次の日にはどの新聞にも、『キャロル・オニール、精神科《せいしんか》へ』『キャロルの夢《ゆめ》はもう終わりか？』などという見出しが出た。お母さんはまた涙《なみだ》にくれるし、キャロルも朝食がのどを通らなかった。

その日の午後、お父さんが釣《つ》りから帰ってくると、玄関《げんかん》の前の階段《かいだん》に記者たちが鈴《すず》なりになってすわっていた。お父さんは、釣《つ》りざおで記者たちのあいだをかきわけて玄関《げんかん》へむかいながら礼儀《れいぎ》正《ただ》しく言った。「さわぐようなことはなんにもありませんよ。うちの娘《むすめ》は、疲《つか》れているだけです。だから、休養にスイスに連れていくことにしました」

ようやく家の中に入ると、お父さんは言った。「運がいいぞ！　キャロルをその道の達人《たつじん》に診《み》てもらえることになった」

「何言ってるの、あなた。きのうミンデルバウム先生のとこで診《み》てもらったばかりなのに」お母さんはすすりあげた。

「わかってるよ。だが、ぼくは達人《たつじん》、と言ったんだ。ただの専門家《せんもんか》とはちがう」とお父さん。

「ほら、ぼくは学校で、クレストマンシーと一緒《いっしょ》だったたって話しただろう——ずっと昔、二人とも今のキャロルより小さかったころにさ。実《じつ》をいうと、クレストマンシーが命をひとつなくしたのは、ぼくがクリケットのバットで頭をなぐってしまったからなんだ。今ではもちろん、彼《かれ》は九つの命を持って生まれた大魔法使《だいまほうつか》いとして、キャロルよりずっと重要人物になっているがね。だから、連絡《れんらく》をとるのにえらく苦労したよ。ぼくのことなんか覚《おぼ》えてもいないだろうと思っていたが、ちゃんとわかってくれて、キャロルに会ってもいいと言ってくれた。ただ、クレストマンシーは今、南フランスの保養地《ほようち》で休暇中《きゅうかちゅう》でね、そこに記者たちがつめかけてきてはこまると言ってるんだが……」

プロイズさんがうれしそうに叫《さけ》んだ。「そのことならまかせてください！　クレストマンシーとはね！　オニールさん、すごいじゃないですか。畏《おそ》れいったなあ！」

二日後、キャロルと両親とプロイズさんは、フランスのカレー（フランス北部にある港町。英国とは、ドーバー海峡をへだててすぐ）におもむき、そこから、スイスを経由するオリエント急行（走る豪華ホテルと呼ばれた列車）の一等寝台車《しんだいしゃ》に乗りこんだ。記者たちも、同じ列車の二等寝台車《しんだいしゃ》と、三等車に乗りこんだ。さらにフランスやドイツの記者たちも次々とくわわり、もう席がないので客車の通路に立つはめになった。

ぎゅうづめの列車はがたごととフランスを走り、真夜中に、よく客車の編成替《へんせいが》えが行われるストラスブール（ドイツとの国境に近いフランス北東部アルザス地方の中心都市）に到着《とうちゃく》した。キャロルと両親が寝《ね》ている寝台車《しんだいしゃ》は切りはなされて、有名な観光地、南フランスのリヴィエラ行きのゴールデンアロー号のうしろにつながれた。オリエント急行はキャロルを乗せずに、予定どおりスイス最大の都市チューリッヒにむかった。

プロイズさんは、スイスまでオリエント急行に乗っていった。うちあわせをしたとき、プロイズさんはキャロルに言ったのだ——私《わたし》の魔法《まほう》の専門《せんもん》は夢《ゆめ》を取り出すことだけれど、記者たちに、きみがまだ列車に乗っていると思いこませておくぐらいの術《じゅつ》は使えるよ、と。「クレストマンシーが邪魔《じゃま》されたくないと言っている以上、あの方に記者を一人でも近づけたら最後、私《わたし》は仕事をくびになりかねないからね」

記者たちがだまされたと気づいたころには、キャロルと両親はリヴィエラ海岸（フランスのニースからイタリアのラスペツィアにかけての地中海沿岸地方）のフランス側にある、テーニュという保養地《ほようち》に着いていた。お父さんは——カジノの方をちらちらと行きたげに見てはいたが——荷物から釣《つ》りざおを取り出して、釣《つ》りに出かけた。お母さんとキャロルは辻《つじ》馬車に乗りこみ、クレストマンシーが滞在《たいざい》している別荘《べっそう》に続く坂道をのぼっていった。

二人とも、クレストマンシーに会うためにすっかりめかしこんでいた。キャロルより重要人物に会うなんて、どちらにとってもはじめてだった。キャロルは、夢《ゆめ》を入れるジンのつぼと同じ色の、フリルのついた青いサテンのドレスの下に、手縫《てぬ》いの刺繍《ししゅう》のあるレースのペチコートを三枚《まい》も重ねてはき、足にはドレスに合う色のボタンでとめるブーツ、念入りにカールした髪《かみ》には青いリボンをつけ、青いサテンの日傘《ひがさ》を持っていた。さらに、ダイヤモンドをハート形にならべたペンダントと、キャロル（ＣＡＲＯＬ）という文字の形にダイヤモンドがならぶブローチをつけ、サファイアのブレスレットを二本、金の腕輪《うでわ》を持っているだけ六本全部はめていた。青いサテンのバッグには、Cをふたつ重ねた形（シャネルのマーク）のダイヤモンドのとめ金《がね》がついている。お母さんは、パリ製《せい》の深紅《しんく》のロングドレスにピンクの帽子《ぼうし》、それにエメラルドをありったけつけて、キャロルよりさらに着飾《きかざ》っていた。

　別荘《べっそう》に着くと、器量《きりょう》がいいとはいえない女の人が二人を出むかえ、上のテラスまで案内してくれた。お母さんは扇《おうぎ》で口もとを隠《かく》して、「この人、召使《めしつか》いにしてはいい服を着すぎよね」と、キャロルに小声で言った。キャロルは、お母さんは扇《おうぎ》を持っていていいなあ、とうらやましくなった。

テラスに着くまではえんえんと階段《かいだん》を上がらなければならず、ようやくのぼり終えたキャロルはすっかり暑くなり、口もきけなかった。それで、お母さんが、なんてすばらしい景色《けしき》でしょう、と大声でお愛想《あいそ》を言いはじめても、だまっていた。たしかにテラスからは海と浜《はま》が見えるし、テーニュの町の通りも見おろせる。お母さんが言ってるみたいに、カジノはきれいだし、ゴルフコースはすいていてとても静かだ。テラスのわきには、この別荘《べっそう》のためだけのプールがあった。プールでは、子どもたちが何人も、ばしゃばしゃと水をはねちらかして大さわぎしていた。せっかくの景色《けしき》がだいなしね、とキャロルは思った。

クレストマンシーはデッキチェアで本を読んでいたが、二人に気づくと顔を上げ、驚《おどろ》いたように目をぱちぱちさせた。だが、すぐに二人がだれかを思い出したらしく、優雅《ゆうが》なものごしで立ちあがって、手をさしだした。クレストマンシーはすばらしい仕立てのナチュラルシルクのスーツを着ていた。ひと目で、お母さんのパリ製《せい》のドレスと同じくらいか、もっと高価《こうか》なものだとわかる。

キャロルはクレストマンシーを見たとたん、やだ、この人、フランシスの二倍もハンサムじゃない！　と思った。が、あわててその考えを頭から押《お》しやった。フランシスのことは、お母さんにもうちあけていない秘密《ひみつ》の一部なのだ。でも、ハンサムだとは思うけど、クレストマンシーってなんだか気に食わない。背《せ》がすらりと高く、髪《かみ》が真っ黒で、黒い目がきらきらしているのが、いやみな感じ。この人もミンデルバウム先生と同じように、なんの役にもたたないに決まってる。

ミンデルバウム先生の方は、メルヴィルに似《に》てたっけ。

キャロルがこんなことを考えているあいだ、お母さんはクレストマンシーの手を両手でつかんでふりながら言っていた。

「クレストマンシー様！　休暇中《きゅうかちゅう》でいらっしゃるのに、私《わたくし》どものために時間をさいてくださるなんて、ほんとにご親切に、ありがとうございます。でも、あのミンデルバウム先生でさえ、なぜこの子が夢《ゆめ》を見られなくなったのかわからないとおっしゃるので……」

「どういたしまして」クレストマンシーは、握《にぎ》られた手をひっこめようとしながら言った。「ミンデルバウムにも原因《げんいん》がわからなかったというお話に、正直、興味《きょうみ》をひかれたものですから」それから、二人をテラスに案内してきた召使《めしつか》いの女性《じょせい》に合図をした。「ミリー、私《わたし》がキャロルと話しているあいだ、このご婦人《ふじん》を……ええと……オデールさん、でしたっけ……下へお連れしてくれないか」

「その必要はございませんわ」お母さんがほほえみながら言った。「私《わたくし》、この子のそばを離《はな》れたことはございませんの。私《わたくし》が静かにしていて、口をはさんだりしないこと、キャロルも承知《しょうち》しておりますわ」

「ミンデルバウムが何もわからなかったのも、むりはないな」クレストマンシーはつぶやいた。

と――キャロルは目ざといのが自慢《じまん》なのに、どうしてそうなったのか、全然見当もつかないが――お母さんがいきなり、テラスから姿《すがた》を消した。キャロル自身はデッキチェアにすわって、やはりデッキチェアにすわっているクレストマンシーとむきあっていた。どこか下の方から、お母さんの声が聞こえてくる。

「キャロルを一人でどこかにやったことなど、ありませんのに。あの子は目に入れても痛《いた》くないほどかわいい……」

クレストマンシーはゆったりとデッキチェアにもたれ、優雅《ゆうが》に足を組むと言った。「さて、と。夢《ゆめ》を見るときどうやっているのか、正確《せいかく》に話してくれないか」

この話ならもう何百回もしたことがある。キャロルは品よくほほえみ、話しはじめた。

「まず、ぴんと感じるんです。あっ、夢《ゆめ》が始まるな、って。夢《ゆめ》って、いつも勝手にやってくるんです。止めることも、あとまわしにすることもできない。だから、お母さんに知らせて、一緒《いっしょ》に私《わたし》の寝室《しんしつ》に上がるの。お母さんは、プロイズさんが私《わたし》のために作ってくれた特別製《とくべつせい》の寝《ね》いすに、私《わたし》を居心地《いごこち》よく寝《ね》かせてくれる。それから、夢《ゆめ》を心から取り出す巻《ま》き取《と》り機《き》をセットしてまわすと、しのび足で出ていく。私《わたし》は巻《ま》き取《と》り機《き》がブンブン音をたててまわるのを聞きながら、眠《ねむ》ってしまうの。すると、夢《ゆめ》が始まって……」

ミンデルバウム先生や記者たちとちがって、クレストマンシーはメモをとったりしなかった。ミンデルバウム先生がしてたみたいに、こっちにむかってはげますようにうなずくこともせず、ただ、ぼんやりと海の方をながめている。せめてプールの子どもたちに静かにしろって言ってくれればいいのに、とキャロルは思った。歓声《かんせい》やバチャバチャいう水音がうるさくて、叫《さけ》ぶみたいに大声でしゃべらなくちゃならないじゃないの、なんて気がきかないんだろう、と思いながらも、キャロルは話を続けた。

「私《わたし》は怖《こわ》がったりしないで、夢《ゆめ》に導《みちび》かれるままに身をまかせることを学んだの。夢《ゆめ》って、発見にみちた旅のようなもので――」

「で、いつなんだね？」クレストマンシーが、あっさり話の腰《こし》を折《お》った。「きみが夢《ゆめ》を見るのは夜かね？」

「いろいろです。あ、夢《ゆめ》を見るなってわかったら、昼間でも寝《ね》いすに横になって眠《ねむ》ることもあるし」

「それは便利だな」クレストマンシーはつぶやいた。「では、退屈《たいくつ》な授業《じゅぎょう》のときには手をあげて、『すみません、夢《ゆめ》を見に行っていいですか？』って言えるわけだね。先生は早退《そうたい》させてくれるのかい？」

「はじめに説明しておくべきでしたね」キャロルは、なんとか冷静でいようとしながら言った。「お母さんが家庭《かてい》教師《きょうし》を雇《やと》ってくれているから、学校には行っていないんです。夢《ゆめ》がおとずれたらいつでもすぐ見られるように、うちにいるの。……それは発見にみちた旅のようなもので、ときには地下の洞窟《どうくつ》へ、ときには雲の中のお城《しろ》へ――」

「なるほど。で、夢《ゆめ》を見る時間はどのくらい？　六時間？　十分？」クレストマンシーがまた口をはさんだ。

「だいたい三十分です」とキャロル。「……ときには雲の中へ、あるいは南の海へ。どこへ行くのか、旅のとちゅうでどんな人に会うかは、いつだって知らないまま――」

「三十分で、ひとつの夢《ゆめ》をすっかり見終わるのかね？」クレストマンシーがまたしても話の腰《こし》を折《お》った。

「もちろん、ちがいます。三時間以上も続く夢《ゆめ》もあるわ。……旅のとちゅうで出会う人たちは、みんな風変わりですてきで――」

「ともかく、きみの夢《ゆめ》は一度に三十分というわけだ。となると、次に続きを見るときには、ちょうど前の三十分が終わったところから始めなければならないわけだな？」

「あたり前だわ」とキャロル。「お聞きになったこと、あるでしょう？　私《わたし》はどんな夢《ゆめ》を見るか、自分で決められるのよ。いつも三十分ずつだけど、短い時間でできるかぎりおもしろい夢《ゆめ》を見ようと努力してるの。私《わたし》がいっしょうけんめい話してるのに、しょっちゅう邪魔《じゃま》をするの、やめてくれませんか？」

海をながめていたクレストマンシーは、くるりとむきなおってキャロルを見た。驚《おどろ》いたような顔をしている。「おやおや、いっしょうけんめい話してなんかいないだろうに。私《わたし》だって新聞くらい読んでいる。今の話は、きみがタイムズ紙や、クロイドン・ガゼット紙や、月刊中華人民《げっかんちゅうかじんみん》に話したのとまったく同じ、はったりじゃないか。それにもちろん、ミンデルバウムにもその話を聞かせたんだろう？　あいつもかわいそうに。きみは、自分の夢《ゆめ》は自然に生まれるんだと言う——それなのに、毎回三十分と決まってる、と。自分がどこに行くか、何が起こるかわからないと言うくせに、どんな夢《ゆめ》を見るか、自分でちゃんと決められると言う。どっちも本当だなんてことは、ありえないだろう？」

キャロルはかんしゃくをおさえようと、腕輪《うでわ》を上下にカチャカチャすべらせた。太陽がぎらぎら照《て》りつけて暑くてたまらないし、プールの子どもたちがあんまりやかましいので、かんしゃくを起こさずにいるのはむずかしかった。キャロルは、次の夢《ゆめ》ではメルヴィルをおろして、クレストマンシーに悪役をやらせようかしら、と本気で考えた——あ、でも、クレストマンシーに助けてもらえなければ、「次の夢《ゆめ》」なんてないかもしれないんだっけ。「おっしゃってることがわかりません」キャロルは言った。

「では、きみの夢《ゆめ》の中身の話をしようか」クレストマンシーはそう言うと、テラスの階段《かいだん》の下に見える青々としたプールを指した。「ほら、あそこにいるのは、私《わたし》が後見人をしているジャネットという女の子だ。今、ほかの子たちにとびこみ板から落とされた金髪《きんぱつ》の子だよ。あの子はきみの夢《ゆめ》が大好きでね、九十九話全部持っている——ただし、娘《むすめ》のジュリアと男の子たちは、すっかりばかにしている。きみの夢《ゆめ》は安っぽくて、どれもまるっきり同じだと言ってね」

自分の夢《ゆめ》を安っぽいなどと言う人がいるなんて。キャロルはもちろんひどく傷《きず》ついたが、口に出して言うほどばかではなかった。キャロルは上品にほほえむと、ジャネットの姿《すがた》を目で探《さが》したが、大きな水しぶきしか見えなかった。

「ジャネットは、あとできみに会えるのを楽しみにしていたよ」とクレストマンシー。

キャロルのほほえみが広がった。ファンに会うのは大好きだ。クレストマンシーは続けた。

「きみが会いに来ると聞いて、私《わたし》はジャネットから最新《さいしん》の〈傑作夢《けっさくゆめ》つめあわせ枕《まくら》〉を借りたんだ」

キャロルのほほえみが消えかけた。クレストマンシーは、私《わたし》の夢《ゆめ》なんか楽しんでくれそうには見えない。ところがクレストマンシーは言った。

「なかなかおもしろかったよ」

ならいいわ！　キャロルはまたにっこりとほほえんだ。と、クレストマンシーがさらに続けた。

「でも、ジュリアや男の子たちの言うとおりだね。きみの夢《ゆめ》のハッピーエンドはどれもひどく安っぽいし、どの夢《ゆめ》でも似《に》たようなことばかり起こる」

これを聞いて、キャロルのほほえみがまた、さっとひっこんだ。

「とはいえ、きみの夢《ゆめ》はとても生き生きしている。はでな見せ場がたくさんあるし、登場人物もとても多い。群衆《ぐんしゅう》シーンは気に入ったよ――パッケージの文句《もんく》によれば、〈千人のキャスト〉ってやつがね――でも、背景《はいけい》はあまりリアリティがないと言わざるをえないな。九十六番目の夢《ゆめ》のアラビアのセットなんか、ひどいもんだ。いくらきみがまだ若《わか》いといってもねえ。だが、いちばん新しい夢《ゆめ》に出てきた遊園地は、本物の才能《さいのう》の産物《さんぶつ》だと思う」

キャロルはほほえんだり、真顔《まがお》になったりをめまぐるしくくり返しているうちに、もうすっかり油断《ゆだん》していたので、次にこう言われて、不意をつかれてしまった。

「それから、きみは自分で夢《ゆめ》に出演《しゅつえん》することはないけれど、同じ人物が何人か、くり返し出てくるね――もちろん、そのたびに扮装《ふんそう》はちがうけれど。主《おも》な俳優《はいゆう》は、全部で五、六人しかいないみたいだな」

このままでは、お母さんにもうちあけたことのない秘密《ひみつ》がばれてしまいそうだ。だがさいわい前に、何人かの記者に同じことを指摘《してき》されていたので、あわてずにすんだ。キャロルは言い返した。

「夢《ゆめ》ってそういうものだもの。私《わたし》は『盲導犬《もうどうけん》』みたいに、夢《ゆめ》の中を案内するだけなのよ」

「きみがマンチェスター・ガーディアン紙で言ってたようにね」クレストマンシーはうなずいた。「『獰猛犬《どうもうけん》』って何かと思っていたが。誤植《ごしょく》だったのか、あの新聞らしいな」

クレストマンシーはすっかりうわのそらになっているらしく、こっちがあせっているのに気づいていないようだ。キャロルはほっとした。すると、クレストマンシーが言った。

「さて、そろそろ眠《ねむ》ってみてもらおうか。百番目の夢《ゆめ》にどんなまずいことが起きたせいで、きみが見なかったと言いはるのか、知りたいのでね」

「まずいことなんてなかったわ！　夢《ゆめ》を見なかっただけよ」

「と、きみは言うがね。目を閉《と》じて。いびきをかきたければ、かいてもかまわないよ」

「だけど……だけど、人の家を訪《たず》ねてる最中《さいちゅう》に眠《ねむ》ったりなんかできないわ！」とキャロル。「それに……それに、プールにいるあの子たちがすごくうるさいし」

クレストマンシーは片手《かたて》をさりげなくおろして、テラスの敷石《しきいし》にふれた。石から何かをひっぱりあげているみたいに腕《うで》が上がる。と、テラスはしーんとなった。下で子どもたちが水をはねちらかしているのも、口をぱくぱく開けたり閉《と》じたりしているのも見えるが、音はもうちっとも聞こえてこない。

「言いわけの種《たね》は、これで尽《つ》きたかな？」クレストマンシーがきいた。

「言いわけなんかじゃないわ。それにちゃんとした〈夢巻《ゆめま》き取《と》り機《き》〉もなくて、巻《ま》き取《と》った夢《ゆめ》を読《よ》み解《と》く夢魔法使《ゆめまほうつか》いもいないのに、私《わたし》が夢《ゆめ》を見てるかどうか、どうやってたしかめるつもり？」

キャロルはずけずけ言った。

「ああ、道具などなくてもなんとかなるだろう」クレストマンシーはさらりと言った。

とてもおだやかで眠《ねむ》たげな口調《くちょう》ではあったが、キャロルは突然《とつぜん》、この人は九つの命を持つ大魔《だいま》法使《ほうつか》いで、自分よりずっと重要人物なんだ、と思い出した。きっと、道具なんかなしでやれると思っているのね。なら、やってみるといいわ。好きにさせておこう。

キャロルは青い日傘《ひがさ》を日よけになるように置くと、デッキチェアにゆったりともたれた。どうせなんにも起こりっこないけど……

……キャロルは、九十九番目の夢《ゆめ》のラストシーンに出てきた遊園地に立っていた。目の前には野原が広がっている。草は泥《どろ》にまみれ、紙くずやほかのごみもちらかっている。風を受けてぱたぱたいっているテントがいくつかと、とりこわしかけた観客席、そしてそのむこうには、背《せ》の高い観覧車《かんらんしゃ》と、同じく大きなヘルター・スケルター（らせん型の大きなすべり台）の塔《とう》の残骸《ざんがい》が見えた。あたりはすっかり荒《あ》れたようすだ。

「まあ、あの人たちったら！　まだちっとも片《かた》づけてないなんて！　マーサとポールはどういうつもりなんだろ？」

こう言ったとたんキャロルは、まずい！　と口を押《お》さえ、クレストマンシーがうしろからしのびよってきてはいないかと、さっとふり返った。でも、やはりごみだらけの草地がわびしく広がっているだけで、ほかには何も見えない。

よかった！　そうよ、私《わたし》がいいって言わないかぎり、キャロル・オニールの秘密《ひみつ》の夢《ゆめ》の舞台裏《ぶたいうら》に来ることなんか、だれにもできっこないもの！　キャロルはほっと力を抜《ぬ》いた。ここでは私《わたし》がボスなんだから。この舞台裏《ぶたいうら》が、お母さんにも一度も話したことがない秘密《ひみつ》の部分だったのだ――テーニュのテラスでは一瞬《いっしゅん》、クレストマンシーに見破《みやぶ》られたのではないかと不安になったけど。

実は、クレストマンシーが指摘《してき》したように、キャロルのために働いてくれる主《おも》な俳優《はいゆう》は六人しかいなかった。

まず、フランシス。背《せ》が高くて金髪《きんぱつ》でハンサムで、バリトンのいい声をしていて、つねにヒー

2017

徳間書店の
絵本・児童文学

6月新刊案内

とびらのむこうに別世界《べっせかい》

徳間書店の児童書

BFC BOOKS FOR CHILDREN

徳間書店の絵本・児童文学の背にはこのマークが入っています。読者のみなさまに、新しい世界との出会いをお約束する目印です。

おたすけこびとのにちようび　5月新刊

日曜日は、おたすけこびとたちもお休み。お弁当をつくって、おやつもつめて、みんなで外へ遊びにでかけます。バッタにのったり、さかなつりをしたり…。でも、困っているカメをみつけてしまったこびとたちは…？　のびのびと休日を楽しむこびとたちの私服姿がかわいい、大人気シリーズ第六弾。

かがわちひろ／絵 コヨセ・ジュンジ／22cm／38ページ／▲／定価(本体1500円+税)

おたすけこびとの まいごさがし

雨ふりの午後、おばあさんがこびとたちに電話をかけました。「耳が茶色で、はながピンクで…」「はい、かならずみつけてきます！」まいごはどこにいるのでしょう？　働く車とこびとたちが、またまた大活躍！　画面のすみずみまで楽しめる、楽しさいっぱいの「おたすけこびと」シリーズ第三弾。

かがわちひろ／絵 コヨセ・ジュンジ／22cm／38ページ／▲／定価(本体1500円+税)

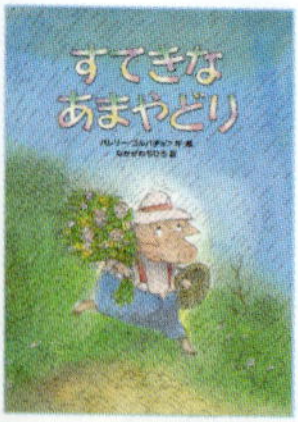

すてきなあまやどり

ざあざあぶりのにわかあめ。ブタくんは大きな木の下であまやどりしたはずなのに、なぜかびしょぬれ。どうしてかっていうとね…。あまやどりの説明をするうち、どんどんエスカレートしていくブタくんのお話にページをめくる手がとまらなくなる、「雨の絵本」決定版！　迫力のワイドページ付き。

バレリー・ゴルバチョフ／訳 なかがわちひろ／29cm／40ページ／▲／定価(本体1600円+税)

かさどろぼう

●よい絵本選定　野間国際絵本原画コンクール入賞
町で、生まれて初めてかさを見たおじさんは、「なんてきれいで便利なものだろう」と、喜んで村へ買って帰りました。ところが何度かさを買っても、その度に盗まれてしまい…？　小さな村を舞台にのびのびと語られる、ユーモラスなお話。

シビル・ウェッタシンハ／訳 いのくまようこ／31cm／24ページ／■／定価(本体1400円+税)

好評既刊（児童文学）◆小学校低・中学年～ ♥小学校中・高学年～ ♠十代～

アルバートさんと 赤ちゃんアザラシ

5月新刊

アルバートさんは、海べの町で野生のアザラシの親子に出会ました。母親アザラシが銃で撃たれて死んでしまったためとりぼっちになった赤ちゃんアザラシを、アルバートさんれて帰り、動物園に引き取ってもらおうとしますが…？ 歳を超えた著者が、自分の父親が救おうとしたアザラシのをもとに描いた感動作！　愛らしい挿絵が入った読み物で

作・絵 ジュディス・カー／訳 三原泉／A5判／144ページ／◆／定価（本体1400円+税）

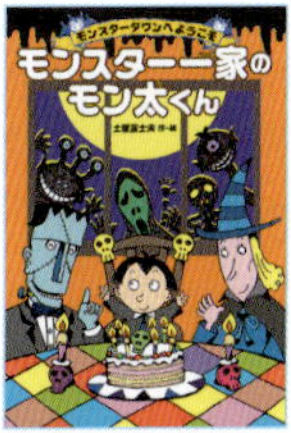

モンスタータウンへようこそ　モンスター一家のモン太く

モン太くんは、モンスタータウンにすむ男の子。ここはスターと人間がなかよくくらす町。モン太くんのおかあは魔女、おとうさんはフランケンシュタイン。親友は、かにすんでるガイコツくん。「どうしてぼくだけ、ふつ人間なのかなあ」だけどある日、すごいことが…？　はての「ひとり読み」にぴったりの楽しいお話。挿絵多数

作・絵 土屋富士夫／A5判／80ページ／◆／定価（本体1200円+税）

モンスタータウンへようこそ　モン太くんとミイラくん

モンスタータウンにすむモン太くんは、子どものドラキ親友は、おはかにすんでるガイコツくん。ある日、以前プトに引っ越していったむかしの友だち・ミイラくんがびにやってきた。ところが、そんなこととは知らないガツくんは、モン太くんが遊んでくれないことにはらて…!?　好評のシリーズ第二弾。

作・絵 土屋富士夫／A5判／80ページ／◆／定価（本体1200円+税）

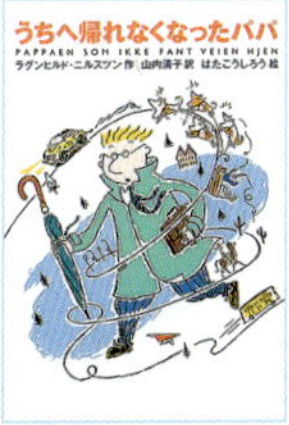

うちへ帰れなくなったパパ

あるところにパパがいた。ごく普通のパパだった。でもあパパはうちへ帰れなくなった。仕事ばかりしているうちママと子どもたちが引っ越してしまったのだ。やがて、んとしてもうちへ帰るぞ」とがんばるパパの前に、奇妙たちがあらわれて…？　ユーモラスでちょっぴりほろ苦北欧生まれのパパの冒険物語。

作 ラグンヒルド・ニルスツン／訳 山内清子／絵 はたこうしろう／A5判／120ページ／◆／定価（本体1200円

新刊・絵本

あめのひ

サム・アッシャー 作・絵
吉上恭太 訳
31cm／32ページ
5歳から
定価（本体1600円＋税）
6月13日頃発売

朝、目がさめると、雨がふっていた。ぼくは、外に行きたくてたまらない。だって、雨の中であそびたいんだ。でも、おじいちゃんは、雨がやむのをまとうって言う。雨、やまないかな…。もう、やんだかな…。ようやく雨がやんで、ドアをあけると…？　雨を楽しむ気持ちをていねいに描く、ファンタジックな楽しい絵本。作者は、英国で活躍する若手イラストレーター。雨の季節にぴったりです。

ISBN978-4-19-864429-1

ローを演《えん》じる。フランシスはいつも夢《ゆめ》のラストで、やさしいけれど勇敢《ゆうかん》なルーシーと結婚《けっこん》する。ルーシーもやはり金髪《きんぱつ》で、とてもきれいだった。それからメルヴィル。ほっそりしていて黒髪《くろかみ》で、いかにも凶悪《きょうあく》そうな青ざめた顔をしていて、悪役を一手にひきうけている。メルヴィルは悪役がとてもうまいので、キャロルはよく、ひとつの夢《ゆめ》にいくつもの役で登場させた。でも、メルヴィルはどんなときでも紳士《しんし》だった。礼儀正《れいぎただ》しいミンデルバウム先生に会ったときメルヴィルを思い出したのも、そのせいだった。

あとの三人は、〈賢《かしこ》い老人〉や〈手足の不自由な気の毒な人〉や〈愚《おろ》かな暴君《ぼうくん》〉などの老け《ふ》役を全部こなすビンボー老人と、〈年配の女性《じょせい》〉担当《たんとう》のマーサ。マーサの役は伯母《おば》さんやお母さん、〈意地悪な女王〉などで、とことん意地悪な役のときも、とてもいい人の役のときもある。それから、小柄《こがら》で少年のように見えるポール。得意の役どころは〈忠実《ちゅうじつ》な助手の少年〉だ。だが、〈悪役その二〉もやるし、どちらの役でもしょっちゅう殺されている。あまり大きな役を受け持つことのないポールとマーサは、〈千人のキャスト〉がひとつの夢《ゆめ》と次の夢《ゆめ》のあいだに背景《はいけい》をすっかり片《かた》づけ、とりかえるときの監督《かんとく》もすることになっていた。

でも、今回はやっていないみたいだ。キャロルは叫《さけ》んだ。

「ポール！　マーサ！　〈千人のキャスト〉たちはどこへ行ったの？」

答えは返ってこなかった。キャロルの声がただ、がらんとした空間に響《ひび》いただけだった。

「いいわ！　そっちがその気なら、こっちから捜《さが》しに行くわよ。見つけたら、覚《おぼ》えてらっしゃい！」

キャロルは歩きだした。顔をしかめながら、ごみを踏《ふ》まないように注意して、ぱたぱたゆれるテントにむかってそろそろと進む。こんなふうに私《わたし》の期待を裏切《うらぎ》るなんて、あの人たちったらほんとにひどいわ。私《わたし》がさんざん苦労してあの人たちを作り出し、百とおりもの扮装《ふんそう》をさせてあげて、考えようによっては、私《わたし》と同じくらい有名にしてあげたっていうのに。こう思ったとたん、素足《すあし》で溶《と》けたアイスクリームを踏《ふ》んづけてしまった。キャロルは身ぶるいしてとびのき、そこではじめて、自分がどういうわけか、クレストマンシーの別荘《べっそう》のプールにいた子どもたちのように、水着を着ているのに気づいた。

「まったくもう！」キャロルは不機嫌《ふきげん》に言った。このあいだ百番目の夢《ゆめ》を作ろうとしたときも、やはりこんなふうに変なことばかり起こりはじめ、使い物にならないのでとうとうボツにしたのを思い出したのだ。こんな夢《ゆめ》を見せられたらだれだって、普通《ふつう》の人の夢《ゆめ》と変わらないと思うだろう。そこそこのヘアバンド用の短編《たんぺん》にだって、なりゃしない。

だが今回は、キャロルは意志《いし》の力をふりしぼって、自分の衣装《いしょう》をボタンでとめる青いブーツと、ペチコートもそっくりそろった青いドレスに変えることができた。この格好《かっこう》じゃかなり暑いけれど、思いどおりの姿《すがた》になれたということは、主導権《しゅどうけん》を握《にぎ》っているのは自分だ、という証拠《しょうこ》になる。

キャロルはさらに進んでいき、バタバタ音をたてているテントのあたりにやってきた。

すると、またしてもありきたりの夢《ゆめ》のようになってきた。からっぽのテントのあいだを行ったたり来たりし、こわしかけの客席のあいだを抜《ぬ》け、観覧車《かんらんしゃ》の大きな骨組《ほねぐ》みの下をくぐり、てっぺんのないヘルター・スケルターの塔《とう》のわきを何度も通り、台だけになった回転木馬の横をいくつも通《とお》りすぎていったが、どれほど歩いても、あたりにはまるで人の気配がないのだ。

意地《いじ》になって歩きつづけるうち、ようやく人に出会えたが、最初はロウ人形館の人形かと思って、もう少しでその前をさっさと通りすぎてしまうところだった。その男は、回転木馬からとりはずされた色を塗《ぬ》ったオルガンの横で、箱の上に腰《こし》かけていた。目がすわっている。人形が必要になったとき、〈千人のキャスト〉が何人か、実際《じっさい》に人形の役をしたのかもしれない、とキャロルは思った。本当にやったのかどうかはわからないけど。でも、この男は金髪《きんぱつ》だ。ということは〈いい人〉で、たいていはフランシスの仲間の役をやっている人にちがいない。キャロルは声をかけてみた。

「ねえ、ちょっと！　フランシスはどこ？」

男は、何を考えているのかはっきりしないぼんやりした目つきでキャロルを見ると言った。

「ザワザワ。アブラカダブラ」

「今は群衆《ぐんしゅう》シーンをやってるわけじゃないんだから、ちゃんとしゃべりなさいよ」と、キャロル。「主役たちがどこにいるのか知りたいの」

男は観覧車《かんらんしゃ》のむこうを漠然《ばくぜん》と指した。「自分たちの宿舎《しゅくしゃ》だ。委員会の会議だとよ」

キャロルはそっちにむかって、また歩きだした。が、三歩も行かないうちに、男がうしろから叫《さけ》んだ。

「おい！　礼ぐらい言ったらどうだ！」

なんて無礼《ぶれい》なのかしら！　キャロルはふり返って、男をにらみつけた。男は、アルコールのにおいがぷんぷんする緑のびんを、ぐいっとあおったところだった。

「あなた、酔《よ》っぱらってるのね！　どこでお酒を手に入れたの？　私《わたし》の夢《ゆめ》では、お酒は禁止《きんし》なのに」

「これが飲まずにいられるか。それに、おれにはちゃんとノーマンって名前があるんだぞ」

この人からは、まともな話なんか聞けそうにないわ。そう思ったキャロルは、またどなられたりしないように、いちおう「ありがとう」と言うと、男が指した方に歩いていった。

やがて、宿舎《しゅくしゃ》代わりの幌馬車《ほろばしゃ》がいくつもごたごたと停《と》めてあるところに出た。どの馬車もうす汚《ぎたな》く、ボール紙でできているようにぺらぺらに見えたので、キャロルはさっさと先に進んだ。こんなの、〈千人のキャスト〉用のものに決まってる。自分が捜《さが》している主役たちの幌馬車《ほろばしゃ》なら、ちゃんときれいで、本物らしく見えるはずだ。

やはりそうだった。見つけた幌馬車《ほろばしゃ》は、馬車というよりは、真っ黒なタールを塗《ぬ》った小屋に車輪をつけたように見えたが、錆《さび》ついた鉄の煙突《えんとつ》からは本物の黒い煙《けむり》が上がっていた。

キャロルは煙《けむり》のにおいを嗅《か》いだ。「変ね。まるでタフィー（バターと砂糖を煮つめて冷やして固めたお菓子）みたいなにおい！」

今すぐ不意討《ふいう》ちしてやろうと決めて、キャロルは黒い木のはしごをずんずん上がっていき、ドアをバタンと開けた。

煙《けむり》と、熱気と、お酒とタフィーのにおいが、どっと押《お》しよせてきた。

役者たちは全員中にいたが、いつもとちがって命令を聞こうとうやうやしくふりむいたりはせず、しばらくは全員が完全にキャロルを無視《むし》していた。フランシスはマーサ、ポール、ビンボーとテーブルを囲み、何本かの緑のびんにさしたロウソクの明かりでトランプをしていた。それぞれ手もとに、強いアルコールのにおいのするグラスを置いている。

だが恐《おそ》ろしいことに、ルーシーが直接《ちょくせつ》あおっているびんが、いちばん酒くさい。美しくてやさしいはずのルーシーは、小屋の奥《おく》にある寝棚《ねだな》にすわって緑のびんをかかえ、ちびちび飲んではくすくす笑っていた。うす暗いせいではっきりは見えないが、ルーシーの顔は小鬼《こおに》みたいに醜《みにく》くゆがみ、髪《かみ》の毛もすっかり乱《みだ》れて、もつれている。お母さんだったら「鳥《とり》の巣頭《すあたま》」と言うところだ。

メルヴィルは、ドアのそばの料理用ストーブで料理をしていた。キャロルは見ていて恥《は》ずかしくなった。メルヴィルときたら、汚《よご》れた白いエプロンをかけ、おなべをかきまぜながら、夢見《ゆめみ》るようなほほえみを浮《う》かべているのだ。これ以上悪人らしくない格好《かっこう》なんて想像《そうぞう》もできない。

「あんたたち、いったいどういうつもりなの？」キャロルは口を開いた。

するとフランシスがふり返った。もう何日もひげをそっていないらしい。「しょのくしょったれなドアを閉《し》めにゃ！」フランシスはいらいらと言った。そんな変なしゃべり方をするのは、太い葉巻《はまき》をくわえているからなのかもしれないけど、どっちかというと酔《よ》っぱらっているせいじゃないかしら、と思って、キャロルはぞっとした。

キャロルはドアを閉《し》め、腕組《うでぐ》みをして立った。「ちゃんと説明してちょうだい。さあ、待ってるんだから」

ポールがトランプのカードをテーブルにたたきつけるようにならべて見せ、お金の山をてきぱきと自分の方にひきよせた。それから、少年っぽい口から葉巻《はまき》を取って言った。「ようやく交渉《こうしょう》をしに来た、ってわけでもなさそうだな。なら、いつまでも待ってりゃいいさ。おれたちはストライキ中だ」

「ストライキですって！」と、キャロル。

「そう、スト中だ。おれたち全員がね。〈千人のキャスト〉たちにも、前回の夢《ゆめ》が終わってすぐにストに入らせた。おれたちは労働条件《ろうどうじょうけん》の改善《かいぜん》と、賃上《ちんあ》げを要求する」ポールはキャロルにむかっていどむように、いやな感じでにやっと笑うと、また葉巻《はまき》をくわえた――こうして近くでよく見ると、その口はそれほど少年っぽくは見えなかった。ポールはキャロルが思っていたより年がいっているようで、小じわが顔じゅうにあるせいか、冷笑しているように見える。

「ポールがストライキ委員会の委員長なの」とマーサ。赤毛のマーサは、むっつりしてえらそうな表情《ひょうじょう》をしているが、意外にもとても若《わか》いようだ。泣きごとめいた口調《くちょう》でマーサは続けた。「私《わたし》たちにだって権利《けんり》があるはずでしょ。なのに、〈千人のキャスト〉たちはひどい暮《く》らしをさせられてるし、次から次へ夢《ゆめ》にかりだされて、私《わたし》たちみんな、休む時間さえないのよ。しかも仕事だって、ちっとも楽しくない。ポールや私《わたし》がやらされてるくだらない役といったら！」

「つまんない端役《はやく》ばっかりだ」ポールがカードを配る手を休めずに言った。「おれたちは、毎回のように夢《ゆめ》の中で殺されることにも抗議《こうぎ》する。〈千人のキャスト〉はラストでかならずばたばた射殺《しゃさつ》されて、しかも危険手当《きけんてあて》だってもらえない。おまけに、すぐに立ちあがって、また次の夢《ゆめ》でえんえんと戦わなきゃならないんだぞ」

「しょれに、しゃけも飲ませてくれにゃい」ビンボーが口をはさんだ。すっかり酔《よ》っぱらっているようだ。鼻が紫《むらさき》色になり、白髪《しらが》はべったり頭にはりついている。「もう色水なんざ、うんじゃりだ。『魔法《まほう》の庭』の夢《ゆめ》のとき、セットの庭から果物《くだもの》を盗《ぬす》んで、はじめて自分でワインを作ったんじゃ。今じゃウィスキーを作ってりゅ。やれやれ、少しは暮《く》らしやすくにゃった」

「あなた、私《わたし》たちにお給料《きゅうりょう》もはらってくれないし」マーサがまた泣きごとを言った。「仕事をしたら、しただけのお手当はもらわなくちゃ、やってられないわ」

「じゃあ、そのお金はどこで手に入れたのよ？」キャロルはポールの前に積まれた札束《さつたば》を指さして、強い調子で言い返した。

「アラビアの宝《たから》のシーンなんかからだ。海賊《かいぞく》の宝物《たからもの》とか。だが、どうせ色を塗《ぬ》ったただの紙ばっかりさ」と、ポール。

フランシスが突然《とつぜん》、だみ声をはりあげた。「おれは有名になりたい。九十九回もいろんなヒーローを演《えん》じてきたのに、どの〈枕《まくら》〉にも〈つぼ〉にも、おれの名前が書いてない！」フランシスはテーブルをたたいた。「搾取《さくしゅ》だ！　これこそ搾取《さくしゅ》ってやつだ！」

「そう、われわれは次の夢《ゆめ》で、全員の名前を出すことを要求する」ポールが言った。「メルヴィル、われわれの要求リストをこの子に渡《わた》してやってくれ」

「メルヴィルはストライキ委員会の書記なのよ」と、マーサ。

フランシスがまたテーブルをたたいて叫《さけ》んだ。「メルヴィル！」

ほかのみんなも叫《さけ》びだした。「メルヴィル！」

料理用ストーブのところにいたメルヴィルも、とうとう片手《かたて》におなべを、もう片方《かたほう》の手に一枚《まい》の紙を持ってふり返った。

「ファッジ（バターと砂糖で作ったやわらかいキャンディー）をだめにしたくなかったんでね」メルヴィルは弁解《べんかい》がましく言い、キャロルに紙を手渡《てわた》した。「さあ、どうぞ。これは私《わたし》が考えたことじゃありません。でも、みんなを裏切《うらぎ》るわけにもいかなくて」

キャロルはドアによりかかり、もう今にも泣きそう

になっていた。この夢《ゆめ》は悪夢《あくむ》みたいだ。「ルーシー！」キャロルは必死で叫《さけ》んだ。「ルーシー、あなたまでぐるなの？」

「ルーシーのことはほっといてちょうだい」とマーサ。キャロルはもう、マーサが大嫌《だいきら》いになっていた。「この人はもう、じゅうぶんひどい目にあってるんだから。男たちのおもちゃにされて好きなように支配《しはい》される役を、いやってほどやってきたんだもの。そうでしょ、ルーシーちゃん？」マーサはルーシーに呼《よ》びかけた。

ルーシーは顔を上げ、悲しげに壁《かべ》を見つめながら言った。「だあれもわかってくれない……。私《わたし》、フランシスなんか大嫌《だいきら》い。なのに、いっつもあいつと結婚《けっこん》して、末永《すえなが》くしあ……ヒック……幸せに暮《く》らしましたとさ、ってことになるんだもん」

これを聞いたフランシスは、もちろんかっとなり、とびあがってわめいた。「こっちだっておまえなんか大《だい》っ嫌《きら》いだ！」

テーブルがガターンと音をたてて倒《たお》れ、グラスも、お金も、トランプも、ロウソクも一緒《いっしょ》にひっくり返った。小屋の中は真っ暗になり、そのあとは何がなんだかわからない恐《おそ》ろしいさわぎになった。だが、やがて背後《はいご》のドアがなぜかぱっと開いたので、キャロルは大あわてで外に逃《に》げ出した……

……そして、気がつくと、日のあたるテラスでまたデッキチェアにすわっていた。片手《かたて》には一枚《まい》の紙を持っていて、日傘《ひがさ》は足もとにころがってしまっている。青いドレスに上から下まで、だれかにファッジをかけられたみたいなねばねばするしみがついているのを見て、キャロルはむっとした。

「トニーノ！　こっちへ来てくれ！《ヴィエーニ・クイ》」だれかが叫《さけ》んでいる。

キャロルが顔を上げてみると、クレストマンシーが、ごった返している人々の真ん中であちこちに押《お》されながら、こわれたデッキチェアを直そうとしている。大勢《おおぜい》の人たちがみんな、われ先にテラスの階段《かいだん》をおりようとしているらしい。はじめはこの人たちがだれなのかわからなかったが、そのうちちらりとフランシスの姿《すがた》が見え、次に、片手《かたて》で酒びんをしっかりかかえたルーシーが見えた。もう片方《かたほう》の手を、ノーマンという男とつないでいる。さっき夢《ゆめ》の中で出会った、箱の上にすわっていた男だ。とすると、大半は〈千人のキャスト〉にちがいない。キャロルが、いったい何があったんだろう、と考えているうちに、クレストマンシーがこわれたデッキチェアをどすんと置き、テラスを離《はな》れようとしていた最後の一人をひきとめて言った。

「失礼ですが、行ってしまわれる前に、ちょっと説明していただけませんか？」

それはメルヴィルだった。まだコックのエプロンをつけていて、指の長い悪人っぽい片手《かたて》で、もう片方《かたほう》の手に持ったおなべの煙《けむり》をあおぎながら、面長《おもなが》の悪人っぽい顔に悲しげな表情《ひょうじょう》を浮《う》かべて、焦《こ》げた中身をのぞきこんでいる。

「このファッジはもうだめみたいですね」メルヴィルが言った。「何が起きたか知りたいとおっしゃるんですね？　おそらく、そもそもは〈千人のキャスト〉から始まったことだと思います。ルーシーがノーマンと恋仲《こいなか》になったころに。だから、もともとはノーマンが言いだしたことなのかもしれませんね。いずれにせよ、〈千人のキャスト〉たちは、人間らしい生活ができないと不満をもらすようになり、ポールがそれを聞きつけたんです。なにしろポールは野心家だし、フランシスなんかヒーローの柄《がら》じゃないと思っていて——私《わたし》たちにも、それはわかっていたんですが……」

「まったくですね。フランシスはあごの線が弱い」クレストマンシーがうなずいた。

キャロルは驚《おどろ》いて息をのみ、そんなことないわ、と言おうとした。もし言っていたら、泣き声になっていただろう。だがそこで、無精《ぶしょう》ひげの生えたフランシスのあごが、くわえた葉巻《はまき》の下でたしかに小さく見え、ぶるぶるふるえていたことを思い出した。

「いや、あごだけでは決められませんよ」と、メルヴィル。「私《わたし》の悪人っぽいあごをごらんなさい——でも、フランシスが本当はヒーローでないのと同じように、私《わたし》だって悪人ではないんです。ただ、フランシスには怒《おこ》りっぽいところがあって、ポールはそこにつけこんだんです。ビンボーにも加勢《かせい》してもらって、ついでにビンボーのウィスキーでフランシスを酔《よ》っぱらわせてね。ルーシーの方は、はじめからポールの味方でした。フリルのついたドレスを着てフランシスに作り笑いしなくちゃならないのに、うんざりしていましたから。ルーシーとノーマンは、農業を始めたいと言ってるんです。それからマーサは、私《わたし》が見るところとてもうわついた性格ですが、いつも大急ぎで背景《はいけい》を片《かた》づけなければならないのにがまんできなくなっていたので、仲間にくわわった。そのあとみんなは、私《わたし》にもくわわれと言ってきたんです」

「でも、あなたはこばんだんですね？」クレストマンシーがきいた。

「『モンテ・クリストの鐘《かね》つき男』と『アラビアン・騎士《ナイト》』の夢《ゆめ》をやってるあいだ、ずっとね」メルヴィルはそう答えると、ゆったりと気どった歩き方でテラスのはしまで行き、手すりの上におなべを置いた。「というのも、私《わたし》はキャロルが好きだからです。キャロルが望むなら、一度に三人の悪役だって喜んでこなします。でも、キャロルが『ロンドンの暴君《ぼうくん》』の夢《ゆめ》が終わってすぐ遊園地の夢《ゆめ》を見はじめたときには、さすがに全員が、働かされすぎだと思いました。だれも自分の時間が持てなかった……おやおや。〈千人のキャスト〉たちは、らんちきさわぎを始めるつもりのようですね」

クレストマンシーもメルヴィルのそばに行き、手すりから身を乗り出して下の方をながめた。

「そのようですね。キャロルがあなた方をそれほどまでこき使ったのは、なぜだと思いますか？野心のせいかな？」

町の方からものすごいさわぎが聞こえはじめ、キャロルも立ちあがって見に行かずにはいられなくなった。

〈千人のキャスト〉たちは、大半がわき目もふらず海岸をめざしていた。うれしそうに海にかけこむ者、車輪のついた小さな更衣室《こういしつ》をひっぱってそのあとを追う者、いきなり服を脱《ぬ》ぎ捨《す》てて水にとびこむ者もいる。おかげで、普通《ふつう》の観光客たちが「いったい何事だ」とさわぎだしている。カジノがある町の中心の広場からも、さらにやかましい叫《さけ》び声があがっている。〈千人のキャスト〉たちが、広場のそばのおしゃれなカフェというカフェに殺到《さっとう》し、アイスクリームをくれ、こっちはワインだ、カエルの脚《あし》が食いたい、と大声でわめいているのだ。

「楽しそうですねえ」メルヴィルは言った。「いいえ、野心というわけではないと思いますよ。むしろ、キャロルは成功に囚《とら》われ、母親に追いたてられていた、ということだと思います。母親にもっとやれ、とせきたてられているのに、やめると言いだすのは、簡単《かんたん》なことではありませんよ」

と、一台の辻《つじ》馬車が町の中心の通りをとばしていき、興奮《こうふん》した人々が、叫《さけ》んだりもみあったりしながらそのあとを追いかけはじめた。それをさらに何人かの警官《けいかん》が追っている。辻《つじ》馬車に乗った白いひげの人物が、宝石《ほうせき》をつかんでは四方八方に気前よくばらまいているのが、さわぎのもとのようだ。きっとほとんどがアラビアの宝石《ほうせき》や海賊《かいぞく》の宝物《たからもの》なんだろうな、とキャロルは思った。あれはよく見たらただのガラスなのかしら？　それとも本物の宝石《ほうせき》かしら？

「ビンボーも気の毒に」メルヴィルが言った。「あの人は最近、自分のことを、王様兼《けん》サンタクロースみたいなものだと思いこんでしまってるんです。そういう役ばかり、たくさんやりすぎたのでね。そろそろ引退《いんたい》した方がいいんです」

「きみのお母さんが辻《つじ》馬車を待たせておいたのは、まずかったね」クレストマンシーがキャロルに言った。「あれはフランシスとマーサとポールかな？　今、カジノに入ろうとしているのは？」

たしかにそのとおりだった。三人が腕《うで》を組んで大理石の階段《かいだん》を踊《おど》るような足取りで上がっていくのが、キャロルにも見えた。全員が、しこたまお酒を飲んでいるようだ。

「ポールは、カジノで大勝ちする方法を見つけたと言っていましたから」とメルヴィル。

「そう思いこむ人間は多いんだけどね」とクレストマンシー。

「でも、そんなことできっこないわ！　本物のお金を持ってないもの！」そう言いながら、キャロルがふと下を見ると、ダイヤモンドのペンダントが消えていた。ダイヤモンドのブローチもない。サファイアのブレスレットも金の腕輪《うでわ》も、一本も残っていない。ハンドバッグのとめ金《がね》まで、むしりとられていた。「私《わたし》のものを盗《ぬす》むなんて！」キャロルは叫《さけ》んだ。

「きっとマーサのしわざですね」メルヴィルが悲しげに言った。「彼女《かのじょ》に、『ロンドンの暴君《ぼうくん》』ですりの役をやらせたでしょう」

「それにきみは、連中にだいぶ賃金《ちんぎん》の借りがあるようじゃないか」クレストマンシーが言った。

「でも、私《わたし》、どうしたらいいの？」キャロルは泣き声をあげた。「どうやってみんなを連れ戻《もど》したらいいの？」

メルヴィルは悪人っぽいしかめつらになった。だがキャロルには、メルヴィルが心配してくれているのがよくわかった。メルヴィルはやさしい人なのだ。

クレストマンシーは驚《おどろ》いたような、やれやれという顔をしただけだった。「あの連中みんなに戻《もど》ってきてほしいというのかね？」

キャロルは、もちろん戻《もど》ってきてほしいわよ！　と言おうとして口を開いたが、声には出さなかった。

みんな、とても楽しそうに見える。ビンボーは通りを馬車で走りながら宝石《ほうせき》をまきちらして、得意の絶頂《ぜっちょう》だ。海にいる連中はみんな幸せそうにばしゃばしゃ水をはねちらかしているし、広場のカフェではウェイターたちが大あわてで、〈千人のキャスト〉たちから注文をとったり、みんなの前に頼《たの》まれた食べ物や飲み物をどすどすと置いたりしている。キャロルは、みんなが本物のお金を使ってくれていますように、と願うしかなかった。うしろをむけば、〈千人のキャスト〉の一部がゴルフコースにまで進出したのが見えたはずだ。だがほとんどの連中が、ゴルフをホッケーのような団体《だんたい》競技《きょうぎ》だと勘《かん》ちがいしているらしかった。

「キャロルがどうするか決めるまでのあいだ、あなたがキャロルの夢《ゆめ》をどう思ってるか聞かせてくれませんか、メルヴィル？　当事者の意見として」クレストマンシーが言った。

メルヴィルは悲しそうに口ひげをひっぱった。「それをきかれるんじゃないかと思っていました。キャロルにはもちろん、すばらしい才能《さいのう》があります。でなければ、あれほど成功するはずがありません。でも実のところ、私《わたし》はキャロルがときどき……その……同じ話をくり返している、と感じていました。それはつまり、キャロルが、私《わたし》たちに自由な時間を与《あた》えなかっただけでなく、自分の時間が持てなかったからだと思うんですが」

役者たちの中で私《わたし》が本当に好きなのはメルヴィルだけだわ、とキャロルは気づいた。ほかの人たちにはすっかりうんざりだった。これまでは自分でも認《みと》めようとしなかったことだけれど、もう何年ものあいだ、みんなには飽《あ》き飽《あ》きしていたのだ。でも、もっとおもしろい人物を考えるひまなどなかった。いつも次の夢《ゆめ》を作るのにいそがしすぎたからだ。みんないっぺんに、くびにしちゃったらどうかな？　だけど、そんなことしたら、メルヴィルの気持ちを傷《きず》つけやしないかしら？

キャロルはおずおずときいてみた。「ねえ、メルヴィル。悪人の役をやるの、楽しい？」

「かわいいキャロル」メルヴィルは言った。「私《わたし》はあなたの言うことなら、喜んでやりますよ。でもときどき、もうちょっと……そのう……腹黒《はらぐろ》い人物じゃない役もやってみたいとは思いますが。善人《ぜんにん》とも悪人ともつかない、もう少し複雑《ふくざつ》な性格《せいかく》の人物を」

むずかしい注文だった。キャロルは考え考え言った。「そういう役を作るには……しばらく夢《ゆめ》を見るのをやめて、時間をかけて——かなり長いことかかるかもしれないけど——人間を新しい見方で見る勉強をしないといけないわ。待っていてくれる？　一年以上かかってしまうかもしれないけど」

「かまいませんとも。私《わたし》が必要になったら、いつでも呼《よ》んでください」そう言うと、メルヴィルはかがんでキャロルの手にキスをした。いかにも悪人っぽい、最高に決まったしぐさで……

……キャロルはまたデッキチェアにすわっていた。でも今回は、目をこすってみても、テラスはがらんとしていた。こわれたデッキチェアを持ったクレストマンシーが、やせっぽちの小さな男の子とイタリア語らしき言葉で話しているだけだ。その子はプールから上がってきたばかりらしく、水泳パンツをはいていて、テラスの敷石《しきいし》のあちこちにぽたぽた水をたらしている。

「まあ！　じゃあ、今のはみんなただの夢《ゆめ》だったんだわ！」

眠《ねむ》っているあいだに日傘《ひがさ》を落としてしまったらしい。手をのばして拾おうとしたキャロルは、日傘《ひがさ》がだれかに踏《ふ》みつけられているのに気づいた。それに、ドレスの前にはファッジがだらだらたれたしみがついている。そこで当然ながらキャロルは、ブローチとペンダントと腕輪《うでわ》を捜《さが》した。全部なくなっている。ブローチがむしりとられたあとらしく、ドレスが破《やぶ》れている。テラスの手すりにさっと目をやると、焦《こ》げついた小さなおなべがその上にのっていた。

それを見るなり、キャロルはとびあがって、手すりまで走っていった。メルヴィルがテラスの階段《かいだん》をおりていくのが見えないかと思ったのだ。

階段《かいだん》にはだれもいなかった。でも、ビンボーが乗っていた辻《つじ》馬車が、遊歩道のつきあたりに停《と》められ、まわりを警官《けいかん》に囲まれているのは見えた。ビンボーは中にいないみたいだ。まるで『モンテ・クリストの鐘《かね》つき男』の中でキャロルがビンボーのために考えた、姿《すがた》を消すわざを使ったように。

浜《はま》では、〈千人のキャスト〉たちが海から上がって、寝《ね》そべって日光浴をしたり、観光客からビーチボールを借りて遊んだりしはじめていた。実のところ、キャロルにはもう、ほかの観光客たちとほとんど見わけがつかなかった。ゴルフコースにいる〈千人のキャスト〉たちは、赤いブレザーを着た男の指導《しどう》のもと、グループにわかれ、順番にならんで、ティーショットの練習をしていた。次にキャロルはカジノに目をやったが、ポールとマーサとフランシスの姿《すがた》は見えなかった。でも広場のあたりでは、満員のカフェから、高らかな力強い歌声が聞こえた。〈千人のキャスト〉の中にはいくつか合唱団《がっしょうだん》もあるから、歌はお手のものなのだ。キャロルはふり返って、クレストマンシーをじろりとにらんだ。

クレストマンシーはイタリア語でしゃべるのをやめ、小柄《こがら》な少年の濡《ぬ》れて骨《ほね》ばった肩《かた》に手をかけ、近づいてきた。

「このトニーノは、非常《ひじょう》に変わった魔術師《まじゅつし》でね。ほかの人の魔法《まほう》を増幅《ぞうふく》することができるんだよ。きみがあいつらをやっかいばらいしたくなるんじゃないかという気がしたので、きみの決心を、トニーノにあと押《お》ししてもらった方がいいと思ったのさ。きみがこんなふうなことをしでかすんじゃないかと、予想はしていたんだ。だから、記者に来てほしくなかったんだよ。さあ、きみもプールに行ってみないか？　きっとジャネットが水着と、それから、きれいな服も貸《か》してくれると思うよ」

「あの……ありがとう……ええ、お願いします……でも……」キャロルは言いかけたが、そのとき、トニーノという小柄《こがら》な少年が、キャロルのうしろを指さして言った。

「ぼく、英語、話せるよ。きみ、紙を落とした」

キャロルはぱっとふり返って、紙を拾った。そこには美しいなめらかな文字で、こう書かれていた。


キャロル・オニールはここに、フランシス、ルーシー、マーサ、ポール、ビンボーを職務《しょくむ》から解放《かいほう》し、〈千人のキャスト〉に無期限《むきげん》の休暇《きゅうか》を与《あた》える。

私《わたし》はあなたのお許《ゆる》しのもと、休暇《きゅうか》をとりますが、これからもずっとあなたのしもべでおります。

メルヴィルより

「ああ、よかった！」キャロルは言った。「あ、でも、どうしよう！　プロイズさんはどうなるの？　それに、お母さんにはなんて言おう？」

「プロイズには私《わたし》から話すよ」クレストマンシーが言った。「でも、お母さんのことはきみがなんとかしなければね。でも、きみのお父さんがカジ……いや、釣《つ》りから帰ってきたら、きっと味方になってくれるだろう」

何時間かあとのこと、お父さんはたしかにキャロルの味方になってくれたし、お母さんも、いつもよりはだいぶあつかいやすかった。というのも、クレストマンシーの奥《おく》さんを召使《めしつか》いとまちがえてしまったせいで、うろたえていたからだ。

でもそのときにはもう、キャロルは、とびこみ板から十六回も落とされたこと、どうにかふたかき泳げたことをお父さんに話したくて、夢《ゆめ》の話はどうでもよくなってしまっていた。

見えない
ドラゴンにきけ

野口絵美 訳

スィールと呼《よ》ばれる世界では、〈天〉がとてもきちんと運営《うんえい》されていた。何もかもこまかく定められているので、どの神も女神もどこまでが自分の仕事か正確《せいかく》にわかっていたし、それぞれの神様が求める正しい祈《いの》りの文句《もんく》も、神様一人一人の活動する時間も、性格《せいかく》もはっきり決まっていて、神様同士の上下関係もまちがいようがなく定められていたのだ。

上は神々の王である〈偉大《いだい》なるゾンド〉から、位《くらい》の高い神、低い神、半神、神霊《しんれい》、精霊《せいれい》、そしてもっとも下っぱのニンフにいたるまで、きちんきちんと決められたとおりに仕事をしていた。川に住む〈見えないドラゴン〉たちまでが、見えない縄《なわ》ばりを守っていた。スィールの世界全体が、ぜんまいじかけのように正確《せいかく》に動いていたのだ。人間はそこまできちんとしてはいなかったが、神々がつねに人間を見まもり、きちんとさせてやった。もう何世紀ものあいだ、こんなふうにすべてがきちんと進んでいたのだ。

ところがあるとき、水にまつわる神々だけが参加を許《ゆる》される年に一度の〈水の祭り〉の最中《さいちゅう》に、〈偉大《いだい》なるゾンド〉がふと目を上げると、太陽の神インペリオンが〈天〉の広間を横切って、ずかずかと近づいてくるではないか。これは、ものごとすべての決まりに根本《こんぽん》から逆《さか》らう、あってはならないできごとだった。

ゾンドは肝《きも》をつぶして叫《さけ》んだ。「出ていけ！」

しかし、インペリオンはかまわず近づいてくる。集まっていた水の神々は、憤慨《ふんがい》したのとインペリオンの放つ熱のせいで、シュウシュウと湯気をたてはじめた。インペリオンがいと高きゾンドの玉座《ぎょくざ》の真ん前にやってくるのと同時に、熱風とお湯の波が押《お》しよせた。

「父上！」インペリオンはさしせまったようすで叫《さけ》んだ。

インペリオンのような位《くらい》の高い神は、ゾンドを父と呼《よ》ぶことを許《ゆる》されている。だがゾンドにも、自分が本当にインペリオンの父であったかどうかは思い出せなかった。神々が生まれたころは、今ほどおたがいの関係がきちんと決まっていたわけではなかったからだ。しかし、息子であろうとなかろうと、インペリオンがあらゆる決まりをないがしろにしていることはたしかだった。

「頭《ず》が高いぞ。ひざまずけ」ゾンドは厳《きび》しい声を出した。

インペリオンはこれも無視《むし》した。たぶん、その方がよかったのだろう。というのは、〈天〉の床《ゆか》はすでに水びたしになって、もうもうと湯気がたっていたからだ。インペリオンはぎらぎらと燃《も》える目でゾンドを見すえて言った。「父上！ 〈破壊《はかい》の賢人《けんじん》〉が生まれました！」

ゾンドは熱い蒸気《じょうき》がただよう中で身ぶるいしたが、運命を受け入れようとして言った。「すべてを疑《うたが》い、問いなおす賢人《けんじん》が生まれるだろう、ということは、すでに予言されている。その賢人《けんじん》の問いかけによって、〈天〉の精妙《せいみょう》なる秩序《ちつじょ》は乱《みだ》れ、すべての神々が混沌《こんとん》に巻《ま》きこまれるだろう、と。また、こうも書かれている……」

そこでゾンドは、はっとした。インペリオンのせいで、自分まで規則《きそく》を破《やぶ》ってしまったことに気づいたのだ。ゾンドが予言の神を呼《よ》び出し、その神に〈天の書〉を調《しら》べさせる、というのが正しい手続きだったはずだ。だが次に気づいたのは、その予言の神とはインペリオンだ、ということだった。予言は、インペリオンにきちんと割《わ》りあてられた仕事のひとつなのだ。ゾンドはインペリオンを叱《しか》りつけた。

「私《わたし》にそんな話をしに来るとは、どういうつもりだ？　おまえは予言の神だろうが！　行って、〈天の書〉を調べてこい！」

「もう調べてきました、父上」インペリオンは言った。「神々がこの世に現《あらわ》れたばかりのとき、私自身《わたしじしん》が〈破壊《はかい》の賢人《けんじん》〉の到来《とうらい》を予言していたことがわかりました。賢人《けんじん》が生まれても、私《わたし》はそれに気づかないだろう、とも書かれています」

ゾンドは勝《か》ち誇《ほこ》ったように言った。「それなら、気づかないはずのおまえが、どうして賢人《けんじん》が生まれたなどと言えるのだ？」

「私《わたし》が〈水の祭り〉の最中《さいちゅう》にここに入ってこられたこと自体が、賢人《けんじん》が生まれた証拠《しょうこ》です。明らかに、神々の秩序《ちつじょ》の崩壊《ほうかい》がすでに始まっているのです」

水の神々がざわめき、あわててお湯をはねちらした。水の神たちはインペリオンからできるかぎり離《はな》れようと、広間の反対側のはしに固まっていたが、インペリオンの言ったことは全員にしっかり聞こえていたのだ。

ゾンドはなんとか落ち着こうとした。インペリオンの熱で上がった湯気と、水の神たちがうろたえてぶくぶく泡《あわ》を吹《ふ》いているせいで、〈天〉の広間は、ここ千年のうちでもっとも混沌《こんとん》とした状況《じょうきょう》になっていた。こんなことが続けば、賢人《けんじん》の問いかけを待つまでもなく、〈天〉の秩序《ちつじょ》は崩壊《ほうかい》してしまう。

「席をはずしてくれ」ゾンドは水の神々に言った。「祭りは中止だ。私《わたし》の力をもってしても止められない事態《じたい》が起こった。これからどうするか決まったら、追って知らせよう」だが、水の神々はぐずぐずして動かない。ゾンドは愕然《がくぜん》とした――これもまた、秩序破壊《ちつじょはかい》の兆《きざ》しだ。「かならず知らせるから」

水の神々はようやく心を決めたらしく、一人をのぞいて全員が波をけたてて去っていった。残ったのはオックという、すべての海を司《つかさど》る神だった。インペリオンと同じくらい力の強い、位《くらい》の高い神なので、熱気におびえるふうもなく、一歩も動かなかった。

ゾンドはそれが気に入らなかった。オックはつね日ごろから、神々の中ではめずらしく、規則《きそく》や掟《おきて》を軽《かろ》んずる傾向《けいこう》があるのだ。自分の立場をわきまえておらず、ひとところに落ち着いているこことができないし、底が知れなくて何をしでかすかわからないところは、まるで人間のようだ。

しかし、秩序《ちつじょ》の破壊《はかい》がすでに始まってしまったのなら、ゾンドには今さらどうすることもできはしない。

「ここに残ってよいぞ」ゾンドは恩着《おんき》せがましくオックに言うと、インペリオンにきいた。「それで、おまえはどうして賢人《けんじん》が生まれたと気づいたのだ？」

「べつのことで〈天の書〉を調《しら》べていたとき、〈破壊《はかい》の賢人《けんじん》〉についての私《わたし》の予言が書かれたページが開いたからです。私《わたし》は賢人《けんじん》が生まれる日時を前もって知ることはできず、気づくのがだいぶあとになるだろう、と書かれていました。しかし予言のそのほかの部分は、きちんとこまかく記《しる》されています。今から二十年後には、賢人《けんじん》は神々の存在《そんざい》にまで疑問《ぎもん》を投げかけるようになる、ということです。どうしたらやめさせられるでしょう？」

「何もできるわけがないだろう。予言は予言なのだから」ゾンドは絶望《ぜつぼう》したように言った。

インペリオンはかっと熱を発した。「でも、手をこまねいているわけにはいきません！　何かしなければ！　私《わたし》は、あなた以上に秩序《ちつじょ》を重んじる神なのです。太陽の運行が不規則《ふきそく》になったら、どうなると思いますか？　だからこれは、ほかのだれよりも、私《わたし》にとって深刻《しんこく》な問題なのです。〈破壊《はかい》の賢人《けんじん》〉が問いかけを始める前に見つけ出して、殺してしまってください！」

ゾンドはぎょっとした。「そんなことはできない！　賢人《けんじん》が問いかけをする、と予言されているなら、それをさまたげることはできん」

するとオックが二人に近づいてきて、口をはさんだ。「どんな予言にも、抜《ぬ》け道はあるものです」

「もちろんだ」インペリオンはぶっきらぼうに言い返した。「私《わたし》にだって、おまえの言う抜《ぬ》け道は見えている。だからこそ、賢人《けんじん》を殺し、予言をくつがえすよう、〈偉大《いだい》なるゾンド〉のもとへ来て頼《たの》んでいるのだ。賢人《けんじん》が生まれたせいで混乱《こんらん》が起こったのを、逆に利用してな。このようにしてふたたび秩序《ちつじょ》を回復《かいふく》しようというわけだ」

「理屈《りくつ》をこねていても、らちがあきませんよ」と、オック。

二人の神はにらみあった。こうしてたがいに近づくと、オックからたちのぼる湯気がインペリオンを覆《おお》い、その湯気がまた雨に変わってオックにふりそそぐ。それが、呼吸《こきゅう》のように規則的《きそくてき》にくり返された。

「では、何が言いたいんだ？」インペリオンが言った。

オックは答えた。「予言には、賢人《けんじん》が問いかけをするのがどこの世界でのことなのか、はっきり書かれていないようですね。世界はほかにもたくさんあります。人間たちが〈平行世界〉と呼《よ》んでいる世界が。もとはみな、このスィールと同じひとつの世界だったものが、歴史を変えるような大きな事件《じけん》、しかも結果がどちらになってもおかしくない事件《じけん》があるたびに、それが起きた世界と、起きなかった世界とに分裂《ぶんれつ》し、それ以来、べつの道をたどるようになったのです。そして〈天〉は、〈平行世界〉の数だけあります。神々がわれわれの世界ほどきっちりと秩序《ちつじょ》だっていない世界も、ひとつくらいあるにちがいありません。賢人《けんじん》をその世界に送りましょう。運命に定められた問いかけは、そこでさせればよいのです」

「よいことを思いついたな！」ゾンドがほっとして手をたたくと、〈天〉にも人間の世界にも大《おお》嵐《あらし》が巻《ま》きおこった。「おまえも賛成か、インペリオン？」

「ええ」インペリオンもほっとして、ぱっと明るく顔を輝《かがや》かせた。ところが気がゆるんだとたん、予言が口をついて出た。「だが、警告《けいこく》しておきましょう。定めに干渉《かんしょう》するとおかしなことが起《お》こるものだ、と」

「たとえおかしなことが起きようと、秩序《ちつじょ》が崩《くず》れるよりはましだ」ゾンドはきっぱりと言った。

それからゾンドは水の神々を呼《よ》び戻《もど》し、ついでにスィールじゅうのすべての神々を召《しょう》集《しゅう》した。そして、長じればこの世界に破《は》壊《かい》をもたらす定めの赤子が生まれたことを告げ、おのおの地のはてまでもこの赤子を捜《さが》せ、と神々に命じた（「地のはて」というのはただの決まり文句《もんく》で、単に「あらゆるところを捜《さが》せ」という意味だった。ゾンドはスィールの地が平らだと信じていたわけではない。だが、この文句《もんく》は〈天〉のあらゆることと同様、何世紀ものあいだ変わっておらず、ゾンドもあえて変えようなどとは思いもしなかった）。

〈天〉の神々は総出《そうで》で、いたるところを捜《さが》しはじめた。ニンフと半神たちは山や洞窟《どうくつ》や森をしらみつぶしに調《しら》べた。人間の家の守り神たちはゆりかごというゆりかごをのぞきこみ、水の神々は海辺《うみべ》や川岸や湖のそばを調べた。愛の女神は、人々の過去《かこ》の愛情《あいじょう》に関する記録をずっとさかのぼって、賢人《けんじん》の両親になりえたのはだれか、つきとめようとした。〈見えないドラゴン〉たちは、はしけや、家代わりの船の中をのぞきこもうと、近くまで泳いでいった。

スィールではどんなことにも、それを司《つかさど》る神が一人は存在《そんざい》するので、何ひとつ見のがすことなく、あらゆるところを捜《さが》すことができた。インペリオンはだれよりも熱心に捜《さが》しまわり、スィールの昼間の部分にある、人が隠《かく》れられそうなすべての場所を、岩の裂《さ》け目にいたるまで太陽の光で照《て》らし出した。そして、夜の部分でも同じようにしてくれと、月の女神を熱心にくどいた。

それでも、だれも賢人《けんじん》を見つけることはできなかった。一、二度、あやまった知らせが伝えられたことはあった。人間の家を守る女神の一人が、どうしても泣きやまない赤子がいる、と報告《ほうこく》したときなどだ。「この赤ん坊《ぼう》といると、おかしくなりそうです。これが破壊的《はかいてき》じゃなくてなんだというんです?」というのが、女神の言いぶんだった。また、生まれたときから歯が生えていたり、指が六本だったりといった、変わった赤ん坊《ぼう》についての報告《ほうこく》もいくつかあった。でも、ゾンドが調《しら》べてみると、どの赤子も破壊《はかい》とはなんの関わりもなかった。一カ月がたっても、〈破壊《はかい》の賢人《けんじん》〉は見つかりそうもなかった。

インペリオンはすっかり落ちこんでしまった。ゾンドの前で言ったように、インペリオンはほかのどの神よりも秩序《ちつじょ》を重んじていたからだ。インペリオンが心配しすぎたせいで、太陽が冷たくなったほどだ。とうとう、「自分で破壊《はかい》をひきおこすことにならないうちに、ゆっくり休みをとって、死すべき定めの人間の女性《じょせい》と楽しんでらっしゃい」と、愛の女神にさとされたくらいだった。

インペリオンは愛の女神の言うとおりだと思い、何年も前から愛している人間の女に会おうと、下界におりていった。神々が死すべき定めの人間を愛する、というのは、あたり前のこととして認《みと》められていた。およそ考えられるかぎりのあらゆる奇抜《きばつ》な姿《すがた》をとって恋人《こいびと》のもとを訪《たず》ねる神もいたし、一度にたくさんの恋人《こいびと》を作る神もいた。しかし、インペリオンは誠実《せいじつ》で、ネスターラという恋人《こいびと》を大切にしていた。いつも決まってハンサムな人間の男の姿《すがた》でおとずれ、何くれとなく尽《つ》くしていた。三年前、ネスターラはインペリオンとのあいだに息子を生んだ。インペリオンはこの子を、ネスターラを愛するのと同じくらいかわいがっていた。賢人《けんじん》が生まれたことを知り、悩《なや》みごとができる前は、〈天〉の掟《おきて》を少々ねじ曲げて息子にも神の資格《しかく》を持たせてやれないか、と画策《かくさく》していたほどだった。

子どもの名前はタスパーといった。インペリオンが地上におりていくと、タスパーがネスターラの家の外で、砂《すな》に穴《あな》を掘《ほ》っているのが見えてきた。金髪《きんぱつ》で青い目の美しい男の子だ。インペリオンはやさしい気持ちになり、この子はちゃんとしゃべれるようになったかな、と考えた。ネスターラは、タスパーの言葉が遅《おそ》いと心配していたのだ。

インペリオンは息子のそばにおり立った。「やあ、タスパー。何をそんなにせっせと掘《ほ》っているんだね？」

ところが、タスパーは答える代わりに、金髪《きんぱつ》の頭を上げて叫《さけ》んだ。「お母さん！　お父さんが来ると、どうしてこんなに明るくなるの？」

インペリオンのはずんだ気分は、いっぺんに台なしになった。もちろん、言葉を覚《おぼ》えるまでは、だれだって質問《しつもん》なんかできっこない。しかし、自分の息子が問いかけばかりする〈破壊《はかい》の賢人《けんじん》〉だとしたら、あまりにも皮肉な運命だ。

「どうして明るくなってはいけないんだね？」インペリオンは、おそるおそるきいた。

　タスパーはインペリオンを見あげて、顔をしかめた。「ぼく、知りたい。どうしてなのさ？」

「おまえが私《わたし》に会えてうれしいから、明るく感じるのではないかな？」インペリオンは言ってみた。

「うれしくなんかないもん」タスパーは言い返した。下くちびるを突《つ》き出し、大きな青い目に涙《なみだ》を浮《う》かべている。「どうして明るくなるの？　ぼく、知りたい。お母さあん！　わかんないとやだよう！」

　ネスターラが家からかけだしてきた。息子のことが心配なあまり、インペリオンにほほえみかけるのも忘《わす》れている。「タスパー、ぼうや、いったいどうしたの？」

「ぼく、知りたいんだよお！」タスパーが泣きわめいた。

「何を知りたいの？　こんなに知りたがりの子どもなんて、見たこともないわ」ネスターラはタスパーを抱《だ》きあげながら、誇《ほこ》らしげにインペリオンに言った。「それで、この子は言葉が出るのが遅《おそ》かったのね。人にあれこれたずねることができるようになるまでは、しゃべろうとしなかったんだわ。それに、ちゃんと答えてやらないと、何時間でも泣いているのよ」

「この子は、いつごろから質問《しつもん》を始めたんだね？」インペリオンが身がまえてきいた。

「ひと月くらい前です」と、ネスターラ。

インペリオンはこれを聞いて絶望《ぜつぼう》の淵《ふち》に沈《しず》んだが、態度《たいど》には表《あらわ》さなかった。タスパーが〈破壊《はかい》の賢人《けんじん》〉だということは、もうまちがいない。この子はべつの世界にやってしまわなければ。インペリオンはほほえみを浮《う》かべて言った。

「ネスターラや、すばらしい知らせがあるんだ。タスパーを神の一員として認《みと》めていただけた。〈偉大《いだい》なるゾンド〉様ご自身がおそばに置いて、酒の給仕係《きゅうじがかり》にしてくださるというのだ」

「まあ、まだ連れていってはいやです！」ネスターラは叫《さけ》んだ。「こんなに小さいのに！」

ネスターラはそのほかにも、ありとあらゆる理由をあげては反対した。が、最後にはとうとう、インペリオンがタスパーを〈天〉に連れていくのを承知《しょうち》した。結局のところ子どもにとって、神になる以上にすばらしい将来《しょうらい》なんてないのだから。ネスターラはタスパーをインペリオンの腕《うで》にあずけながら、何を食べさせたらいいか、何時に寝《ね》かせたらいいかなど、思いつくかぎりのことを心配顔で言いつづけた。

ネスターラに別れの口づけをしながらも、インペリオンの心は重かった。インペリオンはうそいつわりを司《つかさど》る神ではない。うっかり本当のことを話してしまうのが怖《こわ》くて、もう二度とネスターラに会いには来られない、とわかっていたのだ。

それから、タスパーを腕《うで》に抱《だ》いたインペリオンは、ほかの世界を探《さが》すため、下界と〈天〉のはざまにある〈宙《ちゅう》〉に上がっていった。

タスパーは興味《きょうみ》しんしんで、大きな青い曲面を描《えが》く下界を見おろし、質問《しつもん》をしかけた。「どうして……？」

インペリオンはあわてて、タスパーを〈忘却《ぼうきゃく》の球《たま》〉で包んでしまった。こんなところで問いかけを始めさせるわけにはいかない。問いかけは、地上であっても破壊《はかい》を広めることになるのに、〈宙《ちゅう》〉でやられたらさらにひどいことになる。

タスパーを包んだ球は、透明《とうめい》とも不透明《ふとうめい》ともつかない、銀色の球体だった。この球が開かれる時が来るまで、タスパーは中で、動くことも成長することもなく、眠《ねむ》ったままの姿《すがた》ですごすことになるだろう。こうしておけば安心だ。インペリオンは球を片方《かたほう》の肩《かた》にかつぎ、スィールととなりあった世界に足を踏《ふ》み入れた。

インペリオンは世界から世界へと渡《わた》り歩いた。世界はほとんど無限《むげん》に存在《そんざい》するらしいと知って、インペリオンはほっとした。タスパーにふさわしい世界を選ぶのは、ひどくむずかしかったからだ。いくつかの世界はあまりにも無秩序《むちつじょ》で、タスパーをそこに置いていくと考えただけでもぞっとした。またいくつかの世界では、インペリオンの侵入《しんにゅう》に腹《はら》をたてたそこの世界の神々に、出ていけ、とどなられた。人間たちに追いたてられたこともあった。中には合理的になりすぎて神々が死んでしまった世界まであって、インペリオンは恐《おそ》ろしくなった。これならいいかな、と思う世界もたくさんあったが、予言の力を使って探《さぐ》ってみると、そのたびに、そこに置いていったらタスパーの身に災《わざわ》いが起こる、とわかった。

だが、とうとうよい世界が見つかった。おだやかで、上品な世界のようだ。神々の数は少ないが、みな礼儀正《れいぎただ》しくて気さくな感じだった。実際《じっさい》、この世界の神々は、自分たちの力を人間に気前よくわけ与《あた》えているらしい。インペリオンはそれには少しとまどったが、人間は神に与《あた》えられた力を濫用《らんよう》してはいないようだし、予言の力を使ってみても、〈忘却《ぼうきゃく》の球《たま》〉をここに置いていけばタスパーによくしてくれる者が球を開ける、とわかった。

そこでインペリオンは球を森の中に置くと、すっかりほっとして、急いでスィールに帰っていった。インペリオンがゾンドにてんまつを報告《ほうこく》すると、〈天〉のすみずみまでが喜びに包まれた。インペリオンは、ネスターラが大金持ちの男と結婚《けっこん》できるようにとりはからった。ネスターラに、富《とみ》と幸福だけでなく、タスパーの代わりになるような子どもをたくさん与《あた》えてやれる男と。

それから悲しみを胸《むね》に、〈天〉の秩序《ちつじょ》正しい生活に戻《もど》った。

こうして、スィールの精妙《せいみょう》なしくみは、破壊《はかい》にさらされることなく動きつづけた。

七年がすぎた。

タスパーはそのあいだずっと眠《ねむ》りつづけ、三歳《さい》のままでいた。が、ついにある日、〈忘却《ぼうきゃく》の球《たま》〉がふたつに割《わ》れた。タスパーは、どうしてお日様の光の金色が前よりうすくなったんだろう、と思いながら、目をぱちぱちさせていた。

「なるほど、この子が混乱《こんらん》のもとだったんだな」背《せ》の高い男がつぶやいた。

「かわいそうな子」女の人が言った。

まわりは森で、人々が自分をのぞきこんで立っていたが、タスパーにしてみれば、お父さんと〈宙《ちゅう》〉をただよっていたときから何も起こっていなかったので、ききかけていた質問《しつもん》の続きを口に出した。「……どうして地面は丸いの?」

「興味深《きょうみぶか》い質問《しつもん》だ」背《せ》の高い男が言った。「太陽のまわりをぐるぐるまわっているうちに、だんだん角がとれたからだ、と答えるのが普通《ふつう》だね。でも、何事もぐるりとまわってくり返されるように、丸く作られているのかもしれない」

「まあ、そんなことをおっしゃったら、この子が混乱《こんらん》しますわ」べつの女の人が言った。「まだ小さいんですから」

「いや、見てごらん。興味《きょうみ》を示《しめ》しているようだ」と、べつの男。

タスパーは、本当に興味《きょうみ》をひかれていた。この背《せ》の高い男は気に入った。どうして自分がここにいるのかよくわからなかったが、この人が現《あらわ》れたのは、お父さんよりも質問《しつもん》に答えるのがうまいからなんだな、と思った。でも、お父さんはどこに行ってしまったのだろう。

「どうしてあなたはぼくのお父さんじゃないの?」タスパーは背《せ》の高い男にきいてみた。

「またもやするどい質問《しつもん》だな。それはきみのお父さんが、われわれが調《しら》べたかぎりでは、べつの世界に住んでいるからだよ。きみの名前を教えておくれ」

これもまた、この背《せ》の高い男のいいところだった。タスパーは自分では質問《しつもん》するけれど、質問《しつもん》に答えたことはない。でも、男は質問《しつもん》ではなく命令したのだ。タスパーのことがよくわかっているようだ。

そこでタスパーは、すなおに答えた。「タスパー」

「なんてかわいいの!」最初の女の人が言った。「この子、養子にしたいわ」まわりにいた女の人たちもぜひに、と賛成《さんせい》した。

だが、背《せ》の高い男は言った。「むりだね」口調《くちょう》はやわらかだが、きっぱりとしていた。女の人たちは、それなら一日だけ、この子の面倒《めんどう》を見させて、と頼《たの》んだ。一時間だけでもいいから、と。

「だめだ」背《せ》の高い男はやさしく言った。「すぐにもとの世界に戻《もど》さなければ」

故郷《こきょう》の世界に戻《もど》したら、この子はひどく危険《きけん》な目にあうかもしれない、と女の人たちは心配したが、背《せ》の高い男は言った。

「もちろん、それは私《わたし》がなんとかする」それから男は手をさしだし、タスパーをひっぱりあげた。

「おいで、タスパー」

タスパーが外に出たとたん、ふたつに割《わ》れた球は消えてなくなった。タスパーは男に片手《かたて》を、女の人の一人にもう片方《かたほう》の手をひかれて、連れていかれた。最初はがたごとと馬車にゆられて——これはとても楽しかった——やがて大きな家に着いた。そこには、とてもへんてこな部屋があった。

この部屋でタスパーは、床《ゆか》に描《か》いてある五芒星形《ごぼうせいけい》の中にすわらされた。すると、まわりに次々と絵が現《あらわ》れはじめた。人々はそのたびに首をふっては、「いや、この世界でもない」と言いつづけている。背《せ》の高い男は、どんな質問《しつもん》をしても答えてくれた。おなかがすいたと言ったのに何も食べさせてもらえなかったときにも、タスパーは理由を知りたい気持ちの方が勝って、腹《はら》をたてるのも忘《わす》れてしまった。

「どうして食べちゃいけないの？」タスパーはきいた。

「なぜなら、きみはここにいるだけで、この世界に衝撃《しょうげき》を与《あた》えているからだ。もしきみがこの世界の一部である食べ物を体の中に入れたら、今度は食べ物の方がきみに衝撃《しょうげき》を与《あた》え、ばらばらにしてしまうかもしれないんだよ」と、背《せ》の高い男は説明してくれた。

そのすぐあと、次の絵が現《あらわ》れると、「おお！」と全員が声をあげた。

背《せ》の高い男は、「では、スィールだったのか！」と言って、驚《おどろ》いたようにタスパーを見た。「だれかがきみのことを、秩序《ちつじょ》を乱《みだ》す者だと思ったらしいな」それからのんびり、じっくりと、さらに絵をながめてから言った。「混乱《こんらん》しているようすはないな。危険《きけん》もなさそうだ。さあ、私《わたし》と一緒《いっしょ》においで」

男はふたたびタスパーの手をとり、絵の中に踏《ふ》みこんでいった。と同時に、タスパーの髪《かみ》の色が茶色に変わった。

「いちおう、用心のためにね」背《せ》の高い男はちょっとすまなそうにつぶやいたが、タスパーは髪《かみ》のことなど気づきもしなかった。自分の髪《かみ》がもともとどんな色だったかも知らなかったし、自分たちがものすごいスピードで進んでいることにすっかり驚《おどろ》いていたからだ。

二人はある町にひゅーっと飛んでいき、いきなり一軒《けん》の家の前で止まった。それは、町の中でも貧《まず》しい人たちが住む一画《いっかく》に接《せっ》して立つりっぱな家だった。

「ここにちょうどいい人がいるんだ」と言うと、背《せ》の高い男はドアをノックした。

悲しげな顔をした女の人がドアを開けた。

「ちょっとおたずねします」背《せ》の高い男は言った。「ひょっとして、お宅《たく》では小さなぼうやがいなくなっていませんか？」

「ええ。でも、この子では——」女の人はそう言いかけてから、目をぱちくりさせて叫《さけ》んだ。「そう、この子です！　ああ、タスパー！　どうしてあんなふうにうちをとびだしたりしたの！本当にありがとうございます」

でも、女の人が礼を言ったときには、背《せ》の高い男はすでに姿《すがた》を消していた。この女の人は、名前をアリーナ・アルタンと言った。アリーナは自分がタスパーの母親だと固く信じていたので、タスパーもすぐにそう思うようになり、アリーナとその夫にすっかりなついて、幸せに暮《く》らすようになった。アリーナの夫は医者で、働き者だったが、あまり金持ちではなかった。

やがてタスパーは、背《せ》の高い男のことも、インペリオンやネスターラのことも忘《わす》れてしまった。新しいお母さんが友だちに自分を見せびらかすとき、かならず、「これがベイディアンよ。でも、うちではいつもタスパーって呼《よ》んでるの」と言わずにいられないらしいのを、タスパーはときどき不思議に思いはしたが（お母さん自身も首をひねっていた）。本物のベイディアンが、タスパーがやってきた日に迷子《まいご》になり、川に落ちて〈見えないドラゴン〉に食べられてしまったことは、背《せ》の高い男のおかげで、だれも知らないままだった。

もしタスパーがあの背《せ》の高い男のことを覚《おぼ》えていたとしたら、自分がここに連れてこられたとたんにアルタン医師《いし》が成功しはじめたことも、何かあの男と関係があると思ったかもしれない。近所に住む貧《まず》しい人々は、アルタン先生がとても腕《うで》がよく、しかも診察代《しんさつだい》が安いということに突《とっ》然《ぜん》気づいたようだった。まもなくアルタン家には、タスパーを一流の学校にやるだけのゆとりができた。

タスパーはその学校に通いはじめると、山のような質問《しつもん》で教師《きょうし》たちを悩《なや》ませた。アリーナもよく自慢《じまん》したように、タスパーはだれよりも知りたがりの子どもだった。タスパーは『最初に習う十の教訓《きょうくん》』も『子どものための九つの感謝《かんしゃ》の祈《いの》り』もほかの子たちより早く覚《おぼ》えて、できはよかったが、教師《きょうし》たちはときどき質問《しつもん》にいやけがさして、「もう、そんなことは〈見えないドラゴン〉にでもきいてこい！」とどなった。これは、スィールの人たちが、うるさいことにけりをつけたいときによく使う言いまわしなのだ。

タスパーは、質問《しつもん》に答えないというくせを苦労して少しずつ直した。だが、いつになっても、答えるより質問《しつもん》する方が好きだった。家でも、たえまなく質問《しつもん》をしていた。

「どうして〈台所の守り神〉は、年にいっぺん〈天〉に報告《ほうこく》に行くの？　いない隙《すき》に、ぼくがビスケットを盗《ぬす》めるようにかなあ？　どうしてドラゴンは姿《すがた》が見えないの？　どんなものにもそれを司《つかさど》る神様がいるの？　どうしてどんなものにも神様がいるの？　もし神様が人を病気にするんだったら、どうしてお父さんに治せるの？　どうしてぼくんとこに弟だか妹だかが来なくちゃいけないの？」

アリーナ・アルタンはよい母親だったから、どの質問《しつもん》にもとてもていねいに答えてやった。いちばん最後の質問《しつもん》にもだ。アリーナは、赤ちゃんはどうやってできるのかタスパーに教えてから、信心深くこうしめくくった。「それから、神々がお母さんの子宮を祝福してくださると、赤ちゃんが生まれるのよ」

「祝福なんか、されちゃいやだ！」タスパーが、質問《しつもん》ではなく普通《ふつう》の文で言った。これは、ひどく心が乱《みだ》れたときにしかしないことだった。

だが、この件《けん》に関しては、タスパーに選択《せんたく》の余地《よち》はないようだった。タスパーが十歳《さい》になったころには、神々の祝福のおかげで、二人の弟と二人の妹をさずかっていた。だがタスパーに言わせれば、弟や妹なんて、祝福のうちに入らないしろものだ。小さすぎてなんの役にもたたないじゃないか。

「どうして弟や妹はぼくと同じ年になれないの?」タスパーはしつこく何度もきいた。このことがあってから、タスパーはしだいに神様をちょっぴり、しかしはっきりとうらむようになった。

アルタン医師《いし》はますます繁盛《はんじょう》し、家族が増《ふ》える以上の勢《いきお》いで収入《しゅうにゅう》を増《ふ》やしていた。アリーナは子守と料理人を雇《やと》い、それから、みなあまり長続きしなかったが、下働きの少年も次々と雇《やと》った。

タスパーが十一歳《さい》のとき、四角く折りたたんだ紙をおどおどしながら渡《わた》してくれたのは、こうした下働きの少年の一人だった。タスパーはなんだろうと思って、紙を開いてみた。手に持っていると、まるで紙が指のあいだでふるえているような、へんてこな感じがした。それに、この紙のことをだれにも話してはいけない、という強い警告《けいこく》も伝わってきた。

中にはこう書かれていた。

親愛なるタスパー、

きみは特殊《とくしゅ》な状況《じょうきょう》に置かれている。いつか、もう一人の自分と顔を合わせるようなことがあったら、かならずすぐに私《わたし》を呼《よ》びたまえ。ただちにかけつけるから。ずっときみを見まもっている。

クレストマンシー

タスパーは今では、ここに来る前のことなどちっとも覚《おぼ》えていなかったから、この手紙を読んですっかりとまどってしまった。だれにも言ってはいけないことらしいが、下働きの少年はべつだ、ということはなぜかわかった。手紙を手にしたまま、タスパーは少年を追って台所にむかった。

台所に通じる階段《かいだん》の上まで来ると、下から陶器《とうき》の割《わ》れるすさまじい音が響《ひび》いてきたので、タスパーは足を止めた。続いて、料理人がくどくどがみがみ叱《しか》る声がする。今は台所に入らない方がよさそうだ。

下働きの少年は――キャットというおかしな名前で呼《よ》ばれていたが――前にいた少年たちと同じく、くびになるところらしい。勝手口《かってぐち》の外でキャットが出てくるのを待った方がいいだろう。タスパーは手に持っていた紙を見た。すると、指にぴりっと痛《いた》みが走ったと思うと、手紙は消えてしまった。

「消えちゃった!」タスパーは叫《さけ》んだ。思わず普通《ふつう》の文でしゃべるほど驚《おどろ》いていた。そしてそのあと、なぜだかさっぱりわからないが、自分でも思ってもいなかったようなことをしてしまった。勝手口《かってぐち》で下働きの少年を待つ代わりに居間《いま》に走っていき、警告《けいこく》されていたのに、お母さんに手紙のことを話そうとしたのだ。

「ねえ、知ってる？」タスパーは口を開いた。この意味のない質問《しつもん》は、だれかに普通《ふつう》に何か話したいとき、それを質問《しつもん》のように見せかけるために、発明したものだった。「ねえ、知ってる？」

アリーナは顔を上げた。タスパーはなぞめいた手紙のことを話したくてしかたなかったが、気がつくとこう言っていた。「今、料理人が新しい下働きの男の子をくびにしちゃったの、知ってる？」

「まあ、いやだ！」とアリーナ。「また新しい子を見つけなきゃ」

思うとおりにしゃべれないのでいらいらして、タスパーはもう一度お母さんに話そうとした。「ねえ、知ってる？　料理人が〈台所の守り神〉までくびにしちゃわないのはびっくりだってこと」

「だめですよ、神様のことをそんなふうに言っては！」信心深いお母さんは言った。

そうこうしているうちに、下働きの少年は出ていってしまい、だれかに手紙のことをしゃべらなきゃ、というタスパーのせっぱつまった気持ちも消えていた。だが、この手紙のことはそれからも、自分だけのわくわくする秘密《ひみつ》として、ずっと忘《わす》れなかった。

タスパーはあの手紙のことを心の中で、〈見知らぬ人からの手紙〉と呼《よ》ぶようになった。ときどき、だれにも聞こえないとわかっているときなど、〈見知らぬ人〉の変わった名前をそっとつぶやいてみることもあった。ときにははっきり声に出してみることもあったが、何も起こったためしはなかった。だがしばらくすると、それもやめてしまった。ほかにも考えることができたからだ。タスパーは、規則《きそく》や法律《ほうりつ》や制度《せいど》に夢中《むちゅう》になったのだった。

スィールの人間にとって、規則《きそく》や制度《せいど》は生活していくうえで重要なものだった。〈天〉があれほどきちんと管理されているのだから、当然のことだ。人々はすべての行為《こうい》を、『さりげない七つの礼儀《れいぎ》』とか、『神をうやまう百の作法』というように、分類整理していた。タスパーも三歳《さい》のころから、こうしたことを教わっていた。

アリーナが友人たちとよく、『家庭の七十二の掟《おきて》』のこまかな解釈《かいしゃく》について議論《ぎろん》していたので、タスパーはそういう話を聞くのになれっこになっていた。それが突然《とつぜん》、だれに教わったわけでもないのに、新しいものの見方がひらめいた——規則《きそく》というのはすべて、ジャングルジムみたいなもの。よくできているけど、枠《わく》だけなんだ。自分の精神《せいしん》をその中で遊ばせ、のぼったりおりたりくぐったりすることができるんだ。

タスパーは規則《きそく》の一覧表《いちらんひょう》を作り、規則《きそく》をこまかく分類しなおし、規則《きそく》の抜《ぬ》け道を考えた。いろんなことについてそっくり新しい規則《きそく》を考え出しては、ノートに書きこんだり、図表にしてみたりした。膨大《ぼうだい》で複雑《ふくざつ》なルールのあるゲームを発明して、友だちと遊んだりもした。

見ている人にとっては、いいかげんで規則性《きそくせい》のないゲームに思えたが、タスパーと友人たちはすっかり夢中《むちゅう》になった。どのゲームをやっていても、いちばん楽しいのは、だれかが遊びを中《ちゅう》断《だん》して、「新しいルールを思いついたぞ！」と叫《さけ》ぶときだった。

こうしてタスパーは十五歳《さい》になるまで、規則《きそく》に熱中してすごした。

ある日のことタスパーは、『おしゃれな二十の髪型《かみがた》』という規則《きそく》について考えながら、学校からうちにむかって歩いていた。タスパーは、女の子が気になる年ごろになっていたのだ。でも、女の子たちの方は今のところだれも、タスパーを意識《いしき》しているようすはなかった。どの女の子がどの髪型《かみがた》にすべきか考えていたタスパーの目が、ふと、道ばたの塀《へい》にチョークで書かれた落書《らくが》きにとまった。

規則《きそく》がジャングルジムのようなもので、
その中で精神《せいしん》を遊ばせることができるなら、
どうして精神《せいしん》はそこからとびだしてはいけないのか？

〈破壊《はかい》の賢人《けんじん》〉より

その同じ日、〈天〉はまた大さわぎになっていた。ゾンドは位《くらい》の高い神々を玉座《ぎょくざ》の前に召集《しょうしゅう》し、いかにも不吉《ふきつ》なことを告げるように言った。

「〈破壊《はかい》の賢人《けんじん》〉が説教を始めた。インペリオン、やつを追放したのではなかったのか」

「そのつもりでしたが」インペリオンはゾンド以上にうろたえていた。賢人《けんじん》が説教を始めたというのが本当なら、タスパーをよそへやり、ネスターラをあきらめたのも、なんの意味もなかったことになる。「きっと、私《わたし》がしくじったのでしょう」

ここで、オックが品よく湯気を上げながら発言した。「父神ゾンド、今度こそしくじらないように、賢人《けんじん》のことは父ぎみご自身で対処《たいしょ》していただけないでしょうか？」

「私《わたし》もそう言おうと思っていた」ゾンドはうれしげに言った。「みなも異議《いぎ》はないな？」すべての神々が賛成《さんせい》した。したがうことになれきっていたので、逆《さか》らおうなどとは思いもよらなかったのだ。

一方タスパーは、チョークで書かれた落書きを見つめたまま、サンダルをはいた足の先までふるえていた。なんなんだ、これは？　このぼくが考え出したはずの規則《きそく》についてのたとえを、勝手に使ったのはだれなんだ？〈破壊《はかい》の賢人《けんじん》〉って、いったい何者なんだろう？　タスパーは恥《は》ずかしくなった。ぼくは質問《しつもん》するのが得意なはずなのに、どうしてここに書かれている問いを思いつかなかったんだろう？　そうだよ、どうして規則《きそく》の外にとびだしちゃいけないんだ？

タスパーは家に帰って、〈破壊《はかい》の賢人《けんじん》〉について両親にたずねてみた。知らないはずがないと思っていたが、両親は知らないと答えたので、タスパーは驚《おどろ》き、いらだった。すると、両親は近所の人にきいてくれた。その人はタスパーに、またべつの近所の人のところへ行ってごらん、と言い、その人はまたその友だちのところへ行ってごらん、と言った。タスパーがようやくその友だちという人の家を捜《さが》しあてると、その人は言った。「賢人《けんじん》は、神々を愚弄《ぐろう》することで生計をたてている頭のいい若者《わかもの》だ、と聞いたことがある」

次の日、塀《へい》の落書《らくが》きはだれかに洗《あら》い落とされていた。しかし、そのまた次の日、同じ塀《へい》に、印刷のかすれたこんなポスターがはられていた。

〈破壊《はかい》の賢人《けんじん》〉が問う。

秩序《オーダー》とは、そもそもだれの命令《オーダー》で作られたのか？

今夜六時半に、〈崇高祝聖小ホール《すうこうしゅくせいしょう》〉に来たれ。

六時二十分、タスパーは夕食を食べていた。六時二十四分、やはり行こう、と席を立った。〈祝聖小ホール《しゅくせいしょう》〉に息を切らしてかけつけたのは、六時三十二分だった。行ってみると、それはタスパーの家のすぐ近くのみすぼらしい小さな建物だった。だれもいない。不機嫌《ふきげん》な管理人から聞き出せたのは、集会が行われたのは昨晩《さくばん》らしい、ということだけだった。

タスパーはすっかりがっかりして、ホールを立ちさった。「秩序《ちつじょ》はだれの命令で作られたのか」その答えを知りたくてたまらなくなっていた。なんて深遠《しんえん》な問いだろう。〈破壊《はかい》の賢人《けんじん》〉っていう人は、本当にすごいや。

賢人《けんじん》に会えなくてがっかりした気持ちをまぎらわそうと、タスパーは次の日、〈祝聖小ホー《しゅくせいしょう》ル〉の前を通って学校に行くことにした。ところが、ホールは夜のあいだに火事になって焼け落ちてしまい、黒焦《くろこ》げになったレンガの壁《かべ》しか残っていなかった。学校に着くと、その話でもちきりだった。ホールは昨晩《さくばん》の七時ちょっと前に、突然燃《とつぜんも》えあがったという。

「ねえ、知ってる？」タスパーは言った。「〈破壊《はかい》の賢人《けんじん》〉が、おとといあそこにいたんだって？」

こうしてタスパーは、〈破壊《はかい》の賢人《けんじん》〉に関心を持っているのは自分だけではないと知った。クラスの半分が〈破壊《はかい》の賢人《けんじん》〉のファンらしかった。女の子たちも、タスパーにはじめて関心を示《しめ》してくれた。一人の女の子が話しかけてきた。

「あの人が神様について言ってること、すごいわよね。あんな問いを考えついた人なんて、今までだれもいなかったじゃない」

だが、クラスの女の子も男の子もほとんどが、賢人《けんじん》についてタスパーよりそれほどくわしいわけではなく、知っていることもたいていまた聞きだった。でも、一人の男の子が、有名な学者が「いわゆる〈破壊主義《はかいしゅぎ》〉」について論《ろん》じている、新聞の記事を見せてくれた。ていねいに切りぬかれたその記事を読んでみると、賢人《けんじん》とその信奉者《しんぽうしゃ》たちは神々に対して無礼であり、すべての規則《きそく》にそむいている、とくどくど書いてあった。

この記事からはたいしたことはわからなかったが、ないよりはましだった。タスパーは、自分が規則《きそく》に夢中《むちゅう》になっていたのはまったく見当ちがいだったこと、そのせいで、この新しくすばらしい主義《しゅぎ》を学ぶのに同級生たちに遅《おく》れをとってしまったことを、認《みと》めざるをえなかった。そして今すぐ〈破壊主義《はかいしゅぎ》〉の信者になろうと決め、クラスのみんなと一緒《いっしょ》に、賢人《けんじん》についてできるかぎりの情報《じょうほう》を集めはじめた。

それから、みんなと塀《へい》に落書《らくが》きをしてまわった。

破壊《はかい》はサイコー！

だがそのあと長いあいだ、タスパーのクラスの生徒たちが手に入れることのできた賢人《けんじん》についての情報《じょうほう》といえば、塀《へい》にチョークで書かれてはすぐに消されてしまう切れぎれな問いだけだった。

祈《いの》りがなんの役にたつのか？

『神をうやまう作法』はどうして百なのか？

どうしてそれ以上でも以下でもないのか？

われわれは〈天〉への階段《かいだん》を少しでものぼっているのだろうか？

『完全なる徳《とく》をめざせ』というが、『めざす』のが大事なのか？
『完全なる徳《とく》』に達《たっ》しなければいけないのか？
われわれが完全な徳《とく》にいたってしまったら、神々はこまるのではないか？

タスパーはこれらの言葉をすべて、せっせと書き取った。自分がまたとりつかれたようになっているのはわかっていたが、今回は、前とはちがうとりつかれ方だった。タスパーは考えに考えた。最初は、賢人《けんじん》にしてみたい気のきいた質問《しつもん》を考え、今までだれもしたことのない問いを見つけようと知恵《ちえ》をしぼるだけだった。でもそのうちに考えが広がっていき、まもなく、賢人《けんじん》なら自分の問いにどう答えるだろう、と考えるようになった。秩序《ちつじょ》や規則《きそく》や〈天〉のことを考えつづけているうちに、タスパーは、賢人《けんじん》のあらゆるすばらしい問いの裏《うら》には、前提《ぜんてい》となっているひとつの理論《りろん》がある、と気がついた。タスパーはこの発見に興奮《こうふん》して、頭がくらくらした。
賢人《けんじん》の問いの背後《はいご》にあるこの理論《りろん》に気づいたのは、はじめてひげそりをした朝だった。タスパーは考えた――神様が神様であるためには、人間が必要なんだ！　このひらめきに目がくらむ思いをしながら、タスパーは鏡をのぞきこみ、白い泡《あわ》に半分隠《かく》れた自分の顔にじっと見入った。信じてくれる人間がいなかったら、神様なんて、神様でもなんでもありゃしないんだ！〈天〉の秩序《ちつじょ》も、人間の世界の規則《きそく》や掟《おきて》も、すべては人間がいるからこそなりたっているんだ！　すごい、天才的な考えじゃないか！

鏡を見つめているタスパーの頭に、〈見知らぬ人からの手紙〉のことが浮《う》かんだ。「もう一人の自分と顔を合わせるとき、って今のことかな？」タスパーはひとりごとを言った。でも、自信がなかった。その時が来たなら、迷《まよ》ったりしないはずだという気がする。

それから、クレストマンシーと名乗る見知らぬ人が、ひょっとしたら賢人《けんじん》その人なのでは、と思いついた。タスパーの胸《むね》は躍《おど》った。賢人《けんじん》が、ただの十代の男の子、タスパー・アルタンに、なぜか特別の関心を持ってくれたのかもしれない。手紙が消えたことも、とらえどころのない賢人《けんじん》にぴったりじゃないか。

賢人《けんじん》はその後も、とらえどころがないままだった。その次に手に入れた賢人《けんじん》に関するたしかな情報《じょうほう》は、〈神聖《しんせい》ギャラリー〉に雷《かみなり》が落ちた、という新聞記事だった。『ギャラリーの屋根が崩壊《ほうかい》したのは、〈破壊《はかい》の賢人《けんじん》〉として知られる若者《わかもの》がまたしても、苦悩《くのう》にみちた、すべてを疑《うたが》うあまり自分自身にまで疑《うたが》いをむけるような説教をして、信奉者《しんぽうしゃ》たちとともに建物を出た直後のできご

とだった』と、記事にはあった。

「賢人《けんじん》は自分を疑《うたが》ってなんかいない」タスパーはひとりごとを言った。「あの人は神々のことがわかってる。ぼくにわかるくらいだ、あの人にわかっていないはずがない」

タスパーと同級生たちは、巡礼《じゅんれい》にでも行くように、こわれたギャラリーを見に行った。〈祝聖《しゅくせい》小《しょう》ホール〉よりもりっぱな建物だった。賢人《けんじん》はだいぶ出世したらしい。

それから、すばらしい知らせが舞《ま》いこんできて、みんなは大さわぎになった。女の子の一人が、新聞で小さな広告を見つけたのだ。賢人《けんじん》がまた講演《こうえん》をするという。会場は巨大《きょだい》な〈輝《かがや》ける王国ホール〉だ。賢人《けんじん》はまたしても出世したようだ。タスパーと友人たちはよそゆきを着て、連れだって出かけた。だが、どうやら講演《こうえん》の時間がまちがって印刷されていたらしい。タスパーたちが着くと、講演《こうえん》はちょうど終わったところのようだった。ホールから人がぞくぞくと出てくるが、みんながっかりしたようすだ。

と、タスパーと友人たちがまだホールの前の通りにいるうちに、ホールが爆発《ばくはつ》した。仲間がだれもけがをしなかっただけでも、運がよかった。警察《けいさつ》の発表によれば、爆弾《ばくだん》だということだった。タスパーと友人たちは、燃《も》えさかるホールからけがをした人々を助け出す手伝いをした。どきどきするようなできごとではあったが、賢人《けんじん》に会えなかったことに変わりはない。

今ではタスパーは、賢人《けんじん》に会えるまでは決して満足できない、と思いはじめていた。賢人《けんじん》の問いの背後《はいご》にある考えが、ぼくの頭にひらめいたことと同じかどうか、どうしてもたしかめなきゃ。

ただの好奇心《こうきしん》ではない。タスパーは、自分の運命は賢人《けんじん》の運命と結びついている、と確信《かくしん》するようになっていた。賢人《けんじん》はぼくに見つけてほしがっている、とはっきり感じていたのだ。

でも、今や学校でも町でも、賢人《けんじん》はもう講演《こうえん》にも爆弾《ばくだん》さわぎにもうんざりしている、というもっぱらのうわさだった。引退《いんたい》して本を書くことにしたらしい。なんでもその本は、『破壊《はかい》の問い』という題になるとか。べつのうわさでは、賢人《けんじん》は〈四つ獅子通《じしどお》り〉あたりの下宿に住んでいるそうだった。

タスパーは〈四つ獅子通《じしどお》り〉に出かけていった。通りにある家のドアを片《かた》っぱしから図々《ずうずう》しくたたき、通りがかりの人までつかまえて質問《しつもん》した。何度も「〈見えないドラゴン〉にききに行け」と追っぱらわれたが、タスパーは気にもしなかった。たずね歩くうちにとうとう、四百三番地のトゥーナップ夫人なら知っているかもしれない、と言う人に出会った。タスパーはどきどきしながら、四百三番地のドアをノックした。

トゥーナップ夫人は、頭に緑のターバンを巻《ま》いた、ちょっと気どった女性《じょせい》だった。「残念ながらお役にたてませんわ。私《わたくし》、越《こ》してきたばかりなんですの」夫人は言った。タスパーがすっかり落ちこんでしまいそうになったとき、夫人がこうつけくわえた。「ですけど、以前住んでらした方が下宿人を置いてましたわ。もの静かな紳士《しんし》でしたわ。私《わたくし》が越《こ》してくるのと入れちがいに、出ておいきになったけど」

「その人は連絡先《れんらくさき》を残していきませんでしたか？」タスパーはかたずをのんできいた。

トゥーナップ夫人は、玄関《げんかん》の壁《かべ》に画鋲《がびょう》でとめられていた状《じょう》さし代わりの古びた封筒《ふうとう》を調《しら》べた。

「ここに、下宿人は〈金の心広場〉に移《うつ》った、と書いてありますわ」

でも、〈金の心広場〉に行ってみると、賢人《けんじん》かもしれない若《わか》い紳士《しんし》は部屋を見ただけでどこかへ立ちさった、と言われた。もう、うちに帰らなければならない。アルタン家の両親は十代の子どものあつかいになれておらず、タスパーが突然《とつぜん》、毎晩《まいばん》出歩くようになったのを心配していたからだ。

奇妙《きみょう》なことに、〈四つ獅子《じし》通《どお》り〉の四百三番地は、その夜、火事で焼けてしまった。

賢人《けんじん》のあとを追っているのは、タスパーだけではないらしい。暗殺者たちもまた、賢人《けんじん》をつけねらっているのだ。タスパーは、賢人《けんじん》がしょっちゅうあちこちへひっこすことを責《せ》める気にはなれなかった。そしてこれまで以上に、とりつかれたように賢人《けんじん》を捜《さが》しはじめた。暗殺者たちより先に見つければ、自分が賢人《けんじん》を救ってあげられるかもしれないからだ。

実際《じっさい》、賢人《けんじん》はやたらと移動《いどう》しているようだ。タスパーはうわさを頼《たよ》りに、今度は〈ヤマウズラ遊園通り〉に行ってみた。そこでだれかれとなくきいてみると、賢人《けんじん》は〈牧神街《ぼくしんがい》〉のはずれにひっこしたとわかった。〈牧神街《ぼくしんがい》〉の次は〈強風大通り〉に越《こ》したらしく、そこからさらに、〈駅前通り〉のもっと安い下宿に移《うつ》ったようだ。そのあとも、さらにたくさんの家が続いた。

このころにはタスパーは、賢人《けんじん》がどこにいそうか、嗅覚《きゅうかく》というか第六感が働くようになってきた。もの静かな下宿人がいる、などと、だれかがほんのひとこともらしたり、ほのめかしたりしただけで、タスパーはすぐに出かけていって、家々を訪《たず》ねてまわり、人々に質問《しつもん》し、「〈見えないドラゴン〉にききに行け」とののしられた。そんなふうに毎晩《まいばん》、タスパーがうちをとびだしていくので、両親はすっかりわけがわからなくなっていた。

でも、新しい手がかりをつかむたびにどんなにすばやくかけつけても、賢人《けんじん》は、いつもほんのちょっとの差でいなくなったあとだった。そしてたいていの場合、タスパーのすぐあとには、暗殺者たちがやってきた。賢人《けんじん》がいた家は、ときにはタスパーがまだその通りにいるあいだに、火事になったり、爆破《ばくは》されたりした。

とうとう、ちっともはっきりしない手がかりしかなくなってしまった。〈新ユニコーン通り〉を指しているのかもしれない、ということぐらいしかわからないのだ。タスパーは、一日じゅう学校にしばられなくてすめばいいんだけど、と思いながら、夕方、〈新ユニコーン通り〉に出かけていった。賢人《けんじん》は好きなように動きまわれるのに、こっちはほとんどの時間、自由がきかない。追いつけなくてもむりはない。でも、〈新ユニコーン通り〉にはとても期待していた。賢人《けんじん》が最近好んで住んでいる安下宿のありそうな地域《ちいき》だったからだ。

だが、その期待もむなしかった。ドアを開けた太った女の人は、ぶしつけにタスパーをあざ笑うと、こう言った。「うるさいね！　〈見えないドラゴン〉にでもききにお行き！」そして、ドアをバタンと閉《し》めてしまった。

タスパーはあまりにくやしくて体が熱くなる思いで、通りに突《つ》っ立っていた。もう、ほかにはなんのあてもない。と、恐《おそ》ろしい疑《うたが》いがわいてきた。ぼくは人に笑われるような、恥《はじ》さらしなことをしてるんだろうか。こんなこと続けても、まるっきりむだなのかもしれない。賢人《けんじん》なんていないのかも。こうした暗い考えを追いはらいたくて、タスパーは閉《し》まったドアにむかって腹《はら》だちまぎれにどなった。

「よーし！　本当に〈見えないドラゴン〉にききに行ってやる！　見てろよ！」そして、怒《いか》りにまかせて川まで走っていき、いちばん近い橋の上に立った。

橋の真ん中で立ちどまり、手すりから身を乗り出してみる。ばかな真似《まね》をしているのはわかっていた。〈見えないドラゴン〉なんて、いるわけがない。それはまちがいない。でも、どうしても賢人《けんじん》に会いたいという気持ちにまだとりつかれていたし、やりかけたことをやめるのはしゃくだ。とはいえ、もし橋のそばにほかに人がいたら、タスパーも何もせずに立ちさっていただろう。

だが、あたりには人けがなかった。ほんとにばかみたいだなと思いながら、タスパーは海を統《す》べる神オックに、正式な手ぶりをして祈《いの》りを捧《ささ》げた——オックは水にまつわるすべてを司《つかさど》る神だからだ——でも、祈《いの》りの手ぶりはこっそりと手すりの下でやったので、だれにも見られる心配はなかった。それから、タスパーはささやくような小声で言った。

「ここに〈見えないドラゴン〉はいる？　ききたいことがあるんだけど」

水しぶきが上がり、タスパーのまわりにふりかかってきた。しめった風が顔に吹《ふ》きつけ、何かがのたくるような音が聞こえた。音のした方に顔をむけると、手すりの上に三カ所、濡《ぬ》れたところができていた。水のしみはそれぞれが三、四十センチくらいで、あいだは六十センチくらいずつ離《はな》れている。さらにおかしなことに、手すりにそって、タスパーの身長の二倍くらいの長さにわたり、空中から水がぽたぽたしたたっている。

タスパーは落ち着かなくなって、笑い声をあげた。「ぼく、ドラゴンがいると想像《そうぞう》してるだけなんだ。もしここにドラゴンがいるとしたら、このしみのところで胴体《どうたい》を支《ささ》えているわけだ。水に住むドラゴンは足がなくて、ヘビみたいらしいから。これだけの長さにわたって水がたれてるってことは、ぼくの想像《そうぞう》してるドラゴンは三メートルちょっとくらいってとこかな」

「おれは四メートルある」と、どこからともなく声がした。あまり顔の近くから聞こえるので、不安になったほどだ。声と同時に、霧《きり》が吹《ふ》きつけてきた。タスパーはたじろいだ。

「さっさと言いな、神の子」と声は言った。「おれにききたいことって、なんだ？」

「ぼ……ぼ……ぼく……」タスパーは口ごもった。怖《こわ》かったせいもあるが、ひどい打撃《だげき》だったからだ。神々は信じてくれる人間なしには存在《そんざい》できない、という自分の理論《りろん》が、まったくなりたたなくなってしまう。

でも、タスパーはなんとか落ち着きを取り戻《もど》した。口を開いたときには、声がちょっぴりしゃがれただけですんだ。「〈破壊《はかい》の賢人《けんじん》〉を捜《さが》しているんだ。どこにいるか知らない？」

ドラゴンは笑った。まるで鳥の鳴《な》き真似《まね》に使う水笛の音のような、いっぷう変わった笑い声だった。そしてまた宙《ちゅう》から声がした。

「賢人《けんじん》がどこにいるか、はっきり教えるわけにはいかないね。おまえが自分で見つけなければいかん。よく考えるんだ、神の子よ。一定の法則《ほうそく》があるのに気づいたはずだ」

「たしかに法則《ほうそく》があるよね！ 賢人《けんじん》がどこに行っても、ぼくはほんのひと足ちがいで会えない。それから、その場所が火事になるんだ！」

「それだけじゃない。賢人《けんじん》が下宿する場所にも法則《ほうそく》がある。そのパターンを見つけるんだ。おれが教えられるのはそれだけだ、神の子よ。ほかにききたいことがあるか？」

「ないよ……めずらしいことに」タスパーは言った。「どうもありがとう」

「どういたしまして」と、〈見えないドラゴン〉。「人間たちはしょっちゅう、おれたちにききに行け、と言いあっているが、実際《じっさい》にききに来たやつはほとんどいない。またいずれ会おう」

タスパーの顔に、しめっぽい空気が渦《うず》を巻《ま》いて吹《ふ》きつけた。手すりから川をのぞきこむと、バシャーン、と長くきれいな水しぶきがひとつ上がり、やがて銀色の泡《あわ》がぶくぶくと浮《う》かんできた。それから、川面《かわも》は静かになった。タスパーは自分の脚《あし》がふるえているのに気づいてびっくりした。

タスパーはひざのふるえをおさえながら、とぼとぼと家に帰った。自分の部屋に入ると真っ先に――迷信なんて信じるものかと思っていたのに――ベッドの上の壁《かべ》のくぼみから〈家の守り神〉の像《ぞう》をおろし、これからすることを見られないように、そっと部屋の外の廊下《ろうか》に置いた。この守り神の像《ぞう》は、母のアリーナがどうしてもと言うので祀《まつ》っていただけなのだが。それから、町の地図と赤いシールを何枚《なんまい》か取り出し、賢人《けんじん》にもうちょっとで会えそうだった場所に、順にシールをはってみた。

その結果を見て、タスパーは躍《おど》りあがって喜んだ。ドラゴンの言うとおりだ。法則《ほうそく》がある。最初のころ、賢人《けんじん》は高級住宅街《こうきゅうじゅうたくがい》のりっぱな下宿にいた。それからだんだん貧《まず》しい地区へとカーブを描《えが》いて移《うつ》っていったが、駅まで行くと、またカーブを描《えが》いて、高級住宅街《こうきゅうじゅうたくがい》の方に戻《もど》りはじめている。そして、アルタン家は貧《まず》しい地区と高級住宅街《こうきゅうじゅうたくがい》のちょうど境目《さかいめ》にあるのだ。賢人《けんじん》がうちに近づいてきてる！〈新ユニコーン通り〉は、うちからもう遠くはなかった。次の場所はもっと近くになるだろう。ぼくは燃《も》えてる家を捜《さが》すだけでいいんだ。

あたりはすでに暗くなっていた。タスパーはカーテンを開け、窓《まど》から身を乗り出して、貧《まず》しい地区の方を見た。すると、やはりあった！　左手の方で、赤とオレンジの光がちらちらしている――どうやら〈名月《めいげつ》通り〉のあたりらしい。タスパーは声をあげて笑った。暗殺者たちにお礼を言いたい気分だった！

タスパーは階段《かいだん》をかけおり、家をとびだした。両親が心配そうに「どこへ行く」と言う声や、弟や妹たちの叫《さけ》び声がうしろから聞こえたが、タスパーはかまわず、ドアをバタンと閉《し》めた。

二分ほど走ると、火事の現場《げんば》に着いた。通りでは暗い影《かげ》が、炎《ほのお》の明かりの中で激《はげ》しく踊《おど》っているように見えた。運び出した家具を通りに積みあげている人もいれば、ぼーっとしている女の人に手を貸《か》して、焦《こ》げたひじかけいすにすわらせてやっている人もいる。女の人の茶色いターバンは、ずり落ちてかしいでいた。

「あなたのところには下宿人もいたんでしょ？」だれかが女の人に心配そうにたずねた。

女の人はまるでターバンのことしか考えられないみたいに、ずっとまっすぐに直そうとしながら答えた。「あの人は、もう出ていったわ。今ごろは〈半月亭《はんげつてい》〉にでもいるんじゃないかしら」

タスパーはそれを聞くやいなや、通りをかけだした。

〈半月亭《はんげつてい》〉は、同じ通りの角にある居酒屋兼宿屋《いざかやけんやどや》だった。いつもならここにたまって酒を飲んでいる人たちも、ほとんどが火事の現場《げんば》にかけつけ、家具を運び出す手助けをしているらしく、人けがない。だが、中にはぼんやりと明かりがともっていて、窓《まど》にはってある白いビラを読むことができた。『空部屋《あきべや》あり』と書いてある。

タスパーは中にとびこんだ。酒場のカウンターのそばでは、店員が窓《まど》のそばのスツールの上に立って、燃《も》えている家を見ようと首をのばしていた。こちらをふりむきもしない。

「泊《と》まり客はどこ？」タスパーは息を切らしながらきいた。「急ぎの伝言があるんだ」

店員は、ふり返らないまま答えた。「二階に上がってすぐ左の部屋だよ。おっと、屋根に火がまわった。早くしないと両側の家も燃《も》えちまうぞ」

タスパーは男の最初のひとことを聞いたとたん、もう階段《かいだん》をかけあがっていた。左に曲がり、最初のドアをノックしたかと思うとさっと開け、中にとびこんだ。

部屋にはだれもいなかった。が、明かりはついていたので、簡素《かんそ》なベッド、からのマグカップと何枚《なんまい》かの紙がのっている汚《きたな》いテーブル、暖炉《だんろ》、そしてその上に鏡があるのが見えた。暖炉《だんろ》のわきにはもうひとつドアがあって、ちょうど閉《し》まったところだった。だれかがたった今、むこうに行ったにちがいない。

タスパーはそのドアにむかってとんでいった。が、そのとちゅうで、暖炉《だんろ》の上の鏡に映《うつ》った自分の姿《すがた》にふっと気をとられた。こんなところで足を止めるつもりはなかったのに。だが、光のいたずらなのか、しみがぽつぽつとついた古くて茶色い鏡に映《うつ》るタスパーの姿《すがた》は、一瞬《いっしゅん》、いつもよりずっと年上に見えた。軽く二十歳《はたち》を超《こ》えているようで、まるで——

タスパーは〈見知らぬ人からの手紙〉を思い出した。

今がその時だ。確信《かくしん》があった。でも、今にも賢人《けんじん》に会えるところなのに。一歩踏《ふ》み出すだけでいいのだ。タスパーは、まだかすかにゆれているドアにむかった。が、またためらう。あの手紙には、すぐに呼《よ》べ、と書いてあった。ドア一枚《まい》のむこうに賢人《けんじん》がいるのに、と思いながら、タスパーはドアをほんの少し押《お》しあけ、指をはさんだまま考えた。頭がすっかり混乱《こんらん》していた。

ぼくは本気で、神々には人間が必要だと思ってるんだろうか？　なんでそんなにはっきり言えるんだ？　賢人《けんじん》に会えたとしても、結局、何を言えばいいんだ？

タスパーは手を離《はな》し、ドアがまた閉《し》まるにまかせると、みじめな気持ちで呼《よ》んだ。

「クレストマンシー！」

タスパーのうしろで、ヒューッと空気が抜《ぬ》けるような音がした。その風に吸《す》いこまれるように、タスパーは半分ふり返り、驚《おどろ》きに目を丸くした。

背《せ》の高い男が、からのベッドのそばに立っていた。なんとも風変わりな格好《かっこう》をしている。黄色い彗星《すいせい》のような模様《もよう》が刺繍《ししゅう》してある、すその長い黒いガウン。風にあおられてひるがえったガウンの裏側《うらがわ》は、黄色の地に黒い彗星《すいせい》の模様《もよう》だ。男の髪《かみ》は真っ黒でつややかで、黒い目が明るく輝《かがや》いている。足には赤いスリッパらしきものをはいていた。

「ああ、よかった」異国《いこく》ふうの人物は言った。「一瞬《いっしゅん》、きみがそのドアを開けて、行ってしまうかと思ったよ」

その声を聞いて、はっと思い出した。「あなたは、ぼくが小さいときに絵を通ってうちに連れてきてくれた人ですね。クレストマンシーって、あなたのことだったんですか？」

「そうだ」背《せ》の高い風変わりな人は言った。「きみはタスパーだね。さて、この建物が火事になる前に、一緒《いっしょ》にここを出なければ」

クレストマンシーはタスパーの腕《うで》をつかみ、階段《かいだん》の方に出るドアまでひっぱっていった。が、ドアを押《お》しあけたとたん、耳ざわりなパチパチという音とともに、濃《こ》い煙《けむり》がどっと流れこんできた。この宿屋もすでに燃《も》えているのは明らかだった。

クレストマンシーはドアをまたぴしゃっと閉《と》じたが、二人とも煙《けむり》でせきこんでしまった。クレストマンシーがあまりひどくせきこんでいるので、タスパーは、この人、窒息《ちっそく》しちゃうんじゃないかな、と心配になり、相手をひっぱるようにして部屋の真ん中まで戻《もど》った。敷物《しきもの》を敷《し》いていない床板《ゆかいた》の細い隙間《すきま》から、もう煙《けむり》が上がってきている。クレストマンシーはまたせきこんだが、ようやくしゃべれるようになると言った。

「私《わたし》が流感にかかって寝《ね》こんだとたんにこんなことになるとは、なんて間が悪いんだ。人生とはそんなものだな。きみの世界の融通《ゆうずう》のきかない神々ときたら。こうなったら、ほかに道はない」それから、煙《けむり》の上がる床《ゆか》を横切り、暖炉《だんろ》のそばのドアを押《お》しあけた。

そのむこうは、からっぽの空間だった。タスパーは恐《おそ》ろしさに思わず叫《さけ》び声をあげた。

「そのとおり」クレストマンシーは言うと、せきこんだ。「きみは墜落死《ついらくし》させられるところだったのだよ」

「地面にとびおりられないかな？」と、タスパー。

クレストマンシーはつやつやした黒髪《くろかみ》の頭をふった。「やつらがここまでやったとあっては、だめだ。いや、われわれは反撃《はんげき》に出て、こちらから神々を訪《たず》ねていかなければならない。出かける前に、きみのターバンを貸《か》してもらうわけにはいかないかね」

タスパーはこの変な頼《たの》みに面食らった。

「それをベルト代わりに使いたいんだよ」クレストマンシーはしわがれ声で言った。「〈天〉への道は、ちょっと寒いかもしれない。それなのに私《わたし》は、ガウンの下にパジャマしか着ていないんだからね」

たしかに、クレストマンシーがガウンの下に着ているしましまのパジャマは、かなりうすっぺらいようだ。タスパーはのろのろとターバンをほどいた。むきだしの頭で神々の前に出るのは失礼だけど、たぶんねまきで行くのだって同じようなものだろう。それに、ぼくは神々が存在《そんざい》するなんて信じていないいんだし。

タスパーはターバンを渡《わた》した。クレストマンシーは、水色の長いターバンを黒と黄色のガウンに巻《ま》きつけると、少し気分がよくなったようだった。

「では、私《わたし》につかまっていなさい。そうすればだいじょうぶだから」クレストマンシーはまたタスパーの腕《うで》をつかんでひっぱりながら、空中に足を踏《ふ》み出し、のぼりはじめた。

しばらくのあいだ、タスパーは驚《おどろ》きのあまり言葉も出なかった。まるで見えない階段《かいだん》があるみたいに自分たちが空をのぼっていけることを知って、ただただ目を丸くしていた。クレストマンシーはしごく当然、という顔でのぼっていく。ときどきせきをし、少しふるえてはいたが、タスパーの腕《うで》はしっかりつかんだままだ。

すぐに、眼下《がんか》の町は、きれいに明かりのともった人形の家がごちゃごちゃと集まっているように見えてきた。中に赤い点がふたつ見えるのは、燃《も》えている家と宿屋だ。二人のまわりには、上だけでなく下にまで星が広がっている。まるでもう、いくつかの星より高くのぼってきたかのように。

「〈天〉に着くまでには、まだまだのぼらなければならないと思うが、今のうちにきいておきたいことはあるかな？」と、クレストマンシー。

「あります」タスパーは言った。「さっきのは、神々がぼくを殺そうとした、ってことなんですか？」

「神々は、〈破壊《はかい》の賢人《けんじん》〉を始末《しまつ》したがっているのだ。むこうは気づいていないのかもしれないが……つまり、きみが賢人《けんじん》だということに」

「何を言うんです！」タスパーは強い調子で言った。「賢人《けんじん》はぼくよりずっと年上だし、あの人の言葉で知るまではぼくなんか思いつきもしなかったようなことを、問いかけています」

「ああ、そうか」クレストマンシーは言った。「時間がねじれて、恐《おそ》ろしい矛盾《むじゅん》が生じてしまったようだ。だれかは知らんが、おさなかったきみをやっかいばらいしようとしたやつのせいだよ。私《わたし》にわかったかぎりでは、きみは七年のあいだ、三歳《さい》のままでいた——きみの存在《そんざい》のせいでわれわれの世界がひどく混乱《こんらん》したので、私《わたし》たちがきみを捜《さが》しあて、球から出してやるまでね。一方このスィールという世界では、きみが二十三歳《さい》になると——いや、ならなくても、ともかく今年のうちに——〈破壊主義《はかいしゅぎ》〉を唱《とな》えはじめる、という予言がなされていた。この世界はやたらきちんとしていて融通《ゆうずう》がきかないものだから、説教はどうしても今年のうちに始まらなければならなかったんだ。説教が始まったという事実さえあれば、きみが姿《すがた》を現《あらわ》す必要はなかった。きみは、賢人《けんじん》の説教を実際《じっさい》に聞いたという人に会ったことがあるかね？」

「そういえば、ないですね」とタスパー。

「聞いたことがある人なんていないのさ。どのみちきみは、こぢんまりと活動を始めた。まず本を書いた。その本はたいして注目されなかったが……」

「いえ、ちがいます」タスパーは反論《はんろん》した。「あの人……いや……ぼく……ええと、賢人《けんじん》は、しばらく説教をしたあとで本を書きはじめたんですよ」

「わからないかね？」クレストマンシーは言った。「きみがスィールに戻《もど》ってきていたので、現《げん》実《じつ》の方が、きみの現状《げんじょう》に合うように変わるしかなかったんだ。そこで、本来なら時間にそって起こったはずのことが、逆《ぎゃく》の順序《じゅんじょ》で起こることになった。賢人《けんじん》がいるべきところに、きみがいられるようになるまではね。それが一致《いっち》したのが、さっきの宿屋のあの部屋だったんだ。賢人《けんじん》の経歴《けいれき》は、本来ならあそこで始まったはずだったんだ。たぶん、きみは今ようやく、賢人《けんじん》としての活動を始めることが可能《かのう》な年齢《ねんれい》になったんだろう。そして〈天〉のお歴々《れきれき》も、遅《おそ》まきながらそのことに気づき、きみを片《かた》づけようとした。そんなことをしてもちっともいいことはないのに。もうじき私《わたし》が、連中にそう教えてやるがね」

クレストマンシーはまたせきこみはじめた。これほどまで高くのぼってくると、身を切るように寒い。今では二人の真下に、暗い下界がゆるやかに弧《こ》を描《えが》いて広がっていた。弧《こ》のはしの方、下界の裏側《うらがわ》から、赤い太陽の光が射《さ》しはじめていた。

二人はさらにのぼっていった。どんどん明るくなってくる。やがて足もとのはるか遠くに、大きくまばゆく輝《かがや》く太陽が現《あらわ》れた。タスパーはまた、うっすらと思い出した。こうやって下界を見おろしたことが前にもあったような気がする。今ここにいることも、かつていたという記憶《きおく》も、現実《げんじつ》ではないと思おうとしたが、うまくいかなかった。

「どうしてそんなによく知ってるんですか？」タスパーはぶしつけにきいた。

「オックという神を知っているだろう？」クレストマンシーはせきこむと言った。「きみが本来なら今の年、つまり十六歳《さい》になって、〈賢人《けんじん》〉としての活動を始めるはずだった七年前に、そいつが私《わたし》のところへ来て、事情を話してくれたんだよ。オックが心配していたのは……」クレストマンシーはまたせきをした。「息が苦しい。〈天〉の連中と話ができるよう、ちょっとだまってた方がよさそうだ」

二人はさらにのぼった。まわりには星々があふれるほどきらめくようになり、やがて二人の足もとが変化して、もっと固くてしっかりした踏《ふ》み心地《ごこち》になってきた。二人はいつのまにか、黒い坂道をのぼっていた。坂はのぼるにつれて真珠《しんじゅ》色に変わり、輝《かがや》きはじめた。クレストマンシーはようやくタスパーの腕《うで》を放《はな》し、金の縁取《ふちど》りをしたハンカチでほっとしたように鼻をかんだ。坂道の真珠《しんじゅ》色はしだいに銀色に、さらには目のくらむようなまばゆい白になった。

とうとう、二人は真っ白で平らな床《ゆか》のあるところにたどりつき、神々のいならぶ広間を次々と抜《ぬ》けていくことになった。

神々は集まって二人を待ちかまえていたが、だれ一人、あたたかく迎《むか》えてくれる雰囲気《ふんいき》ではなかった。

「どうも、服装《ふくそう》がまずかったようだな」クレストマンシーがつぶやいた。

タスパーは神々を見つめ、それからクレストマンシーに目をやって、恥《は》ずかしさのあまり身をよじった。いくら凝《こ》っていて変わっているといっても、クレストマンシーの服はねまき以外の何物にも見えない。足にはいているのは寝室《しんしつ》用の毛皮のスリッパだし、腰《こし》に巻《ま》いている水色のひもは、タスパーが頭に巻《ま》いていなければいけないはずのターバンだった。

神様たちは金のズボンをはき、宝石《ほうせき》をちりばめたターバンを巻《ま》いていて、たいそうりっぱに見える。二人が奥《おく》に行けば行くほど、より位《くらい》の高い神様がならんでいて、その装《よそお》いはますます豪華《ごうか》になった。タスパーは、輝《かがや》く金の布《ぬの》をまとった一人の神が、

じっと自分を見ているのに気づいた。驚《おどろ》いたことに光り輝《かがや》くその神は、親しげな、気づかうようなほほえみを浮《う》かべてこっちを見ている。その神のむかい側には、真珠《しんじゅ》とダイヤモンドを無数にまとった、液体《えきたい》のように輪郭《りんかく》の定まらない巨大《きょだい》な姿《すがた》があった。この神はすばやく、しかしはっきりと二人にウィンクした。タスパーは驚《おどろ》きのあまりぼーっとしていたが、クレストマンシーは落ち着きはらってウィンクを返した。

いちばん奥《おく》の広間の巨大《きょだい》な玉座《ぎょくざ》の上に、〈偉大《いだい》なるゾンド〉の力強い巨大《きょだい》な姿《すがた》がそびえていた。白と紫《むらさき》の衣《ころも》をまとい、王冠《おうかん》をかぶっている。クレストマンシーはゾンドを見あげ、考えこみながら鼻をかんだ。とうてい礼儀《れいぎ》正《ただ》しいとはいえない態度《たいど》だ。

「二人の死すべき定めの人間が、何ゆえわれらが広間に足を踏《ふ》み入れたのか？」ゾンドの冷たい声がとどろいた。

クレストマンシーはくしゃみをしてから言った。「あなたたち自身の愚《おろ》かさのせいですよ。あなた方スィールの神々は、あまりにも長いあいだ何もかもきちんと計画どおりにやってきたから、ちょっとでも変わったことが起きると、どうしていいかわからなくなる」

「無礼な！　神罰《しんばつ》をくだしてやるぞ！」ゾンドが言った。

「あなた方が存在《そんざい》しつづけたいなら、やめておいた方がいいですよ」クレストマンシーが言った。

ほかの神々は口々に、ゾンドを止めようとしてざわついた。ざわめきはなかなかやまない。みんな、存在《そんざい》しなくなるのはいやだったし、クレストマンシーが何を言おうとしているのか知りたかったのだ。ゾンドは、このままでは自分の立場があやうくなるかもしれないと見てとると、ここは慎重《しんちょう》にいこうと考えて言った。

「説明を続けろ」

「あなた方の世界では、予言がかならず実現《じつげん》する。そこがこの世界のいちばんの特徴《とくちょう》で、今までそれでうまくいってきた」クレストマンシーは言った。「それなのに、自分たちにとって不愉《ふゆ》快《かい》な予言だったからといって、実現《じつげん》しないようにできるとなぜ思うんですか？ そこが愚《おろ》かだと言ってるんです。それに、だれにも自分の死を止めることなどできない。とりわけ、運命にしたがうことが大好きなあなた方スィールの神々にはね。だが、あなた方はそれを忘《わす》れた。自分たちが、がんじがらめの規則《きそく》を作り、きちんきちんと管理して、自分たちからも人間たちからも自由意志《いし》というものをうばったことを忘《わす》れた。あなた方はタスパーを、すなわち〈破壊《はかい》の賢人《けんじん》〉を、私《わたし》の世界に追いやった。私《わたし》の世界にはまだ、偶然《ぐうぜん》というものがあることも忘《わす》れてね。偶然《ぐうぜん》のおかげで、タスパーはたった七年後に発見されてしまった。だがスィールにとっては、発見されてよかったんです。もしタスパーが、自分の寿命《じゅみょう》が尽《つ》きるまでずっと三歳《さい》のままでいたら、どんなひどいことになっていたでしょう。考えるとぞっとしますね」

「私《わたし》が悪かったのだ！」インペリオンが叫《さけ》んだ。「私《わたし》のせいだ」インペリオンはタスパーの方にむきなおった。「許《ゆる》してくれ。おまえは私《わたし》の息子なのだ」

アリーナが「子宮に神の祝福を受ける」と言ったのは、生まれるのが神の子どもになるという意味だったんだろうか、とタスパーは首をひねった。ただのたとえ以上の意味があるとは思ってもいなかった。タスパーはまぶしくて目をぱちぱちさせながら、光り輝《かがや》くインペリオンを見つめた。でも、たいしてりっぱだとは思わなかった。きれいな神様だし、正直そうだけど、あまり利《り》口《こう》には見えない。

「もちろん、許《ゆる》しますよ」タスパーは礼儀《れいぎ》正《ただ》しく言った。

「それに、あなた方のだれにも賢人《けんじん》を殺せなかったのも、運がよかったんです」と、クレストマンシーが続けた。「タスパーは神の息子です。ということは、替《か》わりのきかない重要な存在《そんざい》だ。そして、予言どおりに破壊《はかい》を説《と》くためには、どうしても生きていなければならなかった。彼《かれ》を殺したりしたら、あなた方のせいでスィールは破滅《はめつ》していたかもしれないんですよ。とはいえ、あなた方はすでに、スィールじゅうにひずみを生じさせている。私《わたし》の世界だったら、こんな大きな事件《じけん》があれば、それが起こった世界と、起こらなかった世界のふたつに分裂《ぶんれつ》するところですが、スィールはふたつの世界に分裂《ぶんれつ》するには、あまりにもきちんと管理されすぎています。だから、分裂《ぶんれつ》する代わりに時間がゆがみ、起きるはずのないできごとが起きるしかなくなってしまったんです。スィールはひび割《わ》れ、ゆがんでしまった。あなた方は自分で自分に破滅《はめつ》をもたらしたようなものです」

「どうしたらよいのだ？」ゾンドは仰天《ぎょうてん》して言った。

「あなた方にできることは、ひとつしかありません」クレストマンシーが言った。「タスパーをあるがままに受け入れなさい。好きなように破壊《はかい》を説《と》かせ、爆弾《ばくだん》で吹《ふ》っとばそうなどとするのはやめるんです。そうすればあなた方の世界にも、自由意志《じゆういし》と、いかようにもなりうる未来というものが生まれます。そうなれば、スィールは癒《いや》されるか、あるいは痛《いた》みなく、きれいにふたつのすこやかな世界に分裂《ぶんれつ》するか、どちらかになるでしょう」

「結局、われらは自らの手で、自らの没落《ぼつらく》をまねいたのか？」ゾンドが悲しげにたずねた。

「自分のまいた種《たね》は、自分で刈《か》るしかないんです」クレストマンシーが言った。

ゾンドはため息をついた。「いいだろう。タスパー、インペリオンの息子よ、不本意ながら、わが祝福と許《ゆる》しを与《あた》えよう。行って、破壊《はかい》を説くがよい。だれにも邪魔《じゃま》されることなく」

タスパーはおじぎをした。が、そのあとも長いあいだ、だまってそこに突《つ》っ立っていた。インペリオンとオックが二人して、自分の注意をひこうとしているのにも気づかなかった。新聞の記事に、賢人《けんじん》は苦悩《くのう》にみち、自分の説いていることまで疑《うたが》っている、と書かれていた理由が、今になってわかったのだ。タスパーはまた鼻をかんでいるクレストマンシーに目をやった。

「どうしてぼくに破壊《はかい》が説けるっていうんです？」タスパーは言った。「神々に実際《じっさい》に会ったというのに、どうして神が存在《そんざい》しないなんて信じられますか？」

「それも、ぜひともきみの問いの中にふくめたまえ」クレストマンシーはがらがら声で言った。「スィールにおりていって、それを問いかけることから始めなさい」

タスパーはうなずいて、出ていこうときびすを返した。するとクレストマンシーがタスパーの方にかがんで、ハンカチの陰《かげ》からこっそりとささやいた。

「それから、この問いについても考えてくれ。神々は流感にかかるだろうか？　もしそうなら、ここにいる全員に私《わたし》の流感がうつったんじゃないかな？　もし答えがわかったら、いい子だから、私《わたし》にも教えておくれ」

訳者あとがき

クレストマンシーをごぞんじですか？　この本ではじめてクレストマンシーに出会われた方は、どうやらスーパーマンみたいな人のようだけど、いったい何者？　とお思いになったかもしれません。この本で活躍《かつやく》するクレストマンシーについていえば、「クレストマンシー！」と呼《よ》ぶとたちまち現《あらわ》れる、はでなおしゃれが妙《みょう》に似合《にあ》うすごい魔法使《まほうつか》い、ということになるでしょう。でも実は、それだけではクレストマンシーを説明《せつめい》したことにはならないのです。

では、クレストマンシーって？

それを知るいちばんいい方法《ほうほう》は、同じ徳間書店から刊行《かんこう》されている、クレストマンシー・シリーズ四冊《さつ》（『魔法使《まほうつか》いはだれだ』、『クリストファーの魔法《まほう》の旅《たび》』、『魔女《まじょ》と暮《く》らせば』、『トニーノの歌う魔法《まほう》』）をお読みいただくことなのですが――

作者によるまえがきにも短い説明《せつめい》がありますが、クレストマンシーというのは、人の名前ではなく、役職《やくしょく》の称号《しょうごう》です。魔法《まほう》の使われ方を監督《かんとく》し、悪用されているとわかったら、べつの世界へでもすぐにかけつけ、正すのが役目です。なみの魔法使《まほうつか》いではとてもつとまらないたいへんな仕事ですから、数十年に一人しか生まれないという九つの命を持つ大魔法使《だいまほうつか》いがクレストマンシーとして政府《せいふ》に任命《にんめい》され、助手たちとともに任務《にんむ》にあたっているのです。

このシリーズでは、クレストマンシーの住む世界のほかにも、少しずつちがう世界がたくさんある、ということになっています。魔法《まほう》がいっぱいある代《か》わりに科学技術《かがくぎじゅつ》の発達《はったつ》が遅《おそ》い世界もあれば、私《わたし》たちの世界にそっくりなところもあるし、ドラゴンがいたり、神々《かみがみ》が何もかも仕切《しき》っていたりする世界もあるというわけです。

本書は、クレストマンシー・シリーズの外伝《がいでん》にあたり、本編《ほんぺん》で登場《とうじょう》した人物《じんぶつ》たちのこぼれ話や後日談《ごじつだん》などの短編《たんぺん》四編《へん》からなっています。なつかしいメンバーがあちこちにちりばめられていますので、すでにほかの本をお読みくださった方ならにやりとされるのではないでしょうか。ご参考《さんこう》までに、少しだけご紹介《しょうかい》いたしましょう。

『妖術使《ようじゅつつか》いの運命《うんめい》の車』の〈なんでも屋《や》の妖術使《ようじゅつつか》い〉は、『魔女《まじょ》と暮《く》らせば』の主人公キャットが最初《さいしょ》に住《す》んでいた、コヴェン通りの住人《じゅうにん》です（どうしてクレストマンシーに魔力《まりょく》をとられてしまったのかは、『魔女《まじょ》と暮《く》らせば』を読むとわかります）。

『キャットとトニーノと魂泥棒《たましいどろぼう》』のトニーノはもちろん、『トニーノの歌う魔法《まほう》』の主人公《しゅじんこう》です。この短編《たんぺん》には、『クリストファーの魔法《まほう》の旅《たび》』で活躍《かつやく》した人々も（シリーズ中の時間の経過《けいか》からすると）二十五年ぶりくらいに顔を見せています。

『キャロル・オニールの百番目の夢《ゆめ》』のキャロルは、本編《ほんぺん》には出てこないのですが、キャロルのお父《とう》さんは、『クリストファーの魔法《まほう》の旅《たび》』でクリストファー（のちのクレストマンシー）の少年時代の学友として登場《とうじょう》しています。

『見えないドラゴンにきけ』のタスパーやスィールの神々《かみがみ》も、本編《ほんぺん》には出てきません。ですが、この作品は、たくさんの世界が平行《へいこう》して存在《そんざい》することから発《はっ》した事件《じけん》を描《えが》いている、というところが、『魔法使《まほうつか》いはだれだ』に似《に》ているといえます。クレストマンシーのお使《つか》い役《やく》として、キャットがちょっとだけ登場《とうじょう》しているのも、ご愛嬌《あいきょう》です。

この『魔法《まほう》がいっぱい（原題《げんだい》Mixed Magics）』は二〇〇〇年に英国で出版《しゅっぱん》されましたが、四つの短編《たんぺん》が最初《さいしょ》に発表《はっぴょう》された年と国はそれぞれちがっています。本編《ほんぺん》もふくめ、発表《はっぴょう》された順《じゅん》にならべると、こうなります。

一九七七年（英）『魔女《まじょ》と暮《く》らせば（Charmed Life）』
一九八〇年（英）『トニーノの歌う魔法《まほう》（The Magicians of Caprona）』
一九八二年（米）『見えないドラゴンにきけ（The Sage of Theare）』
同年（英）『魔法使《まほうつか》いはだれだ（Witch Week）』
一九八四年（英）『妖術使《ようじゅつつか》いの運命《うんめい》の車（Warlock at the Wheel）』
一九八六年（英）『キャロル・オニールの百番目の夢《ゆめ》（Carol Oneir's Hundreth Dream）』

一九八八年（英）『クリストファーの魔法《まほう》の旅《たび》（The Lives of Christopher Chant）』
二〇〇〇年（英）『キャットとトニーノと魂泥棒《たましいどろぼう》（Stealer of Souls）』（本書書き下ろし）

作者《さくしゃ》のダイアナ・ウィン・ジョーンズは、スタジオジブリの宮崎駿《みやざきはやお》監督《かんとく》が、やはり彼女《かのじょ》の作品である『魔法使《まほうつか》いハウルと火の悪魔《あくま》』（徳間書店）を原作としたアニメーション映画《えいが》を作ることが決まってから、ひときわ注目《ちゅうもく》を集《あつ》めている作家です。大学時代《じだい》に『指輪《ゆびわ》物語』の作者J・R・R・トールキンの講義《こうぎ》を受《う》けたこともある彼女《かのじょ》は、独創的《どくそうてき》なファンタジーの書き手として、英国のみならず世界中で評価《ひょうか》が高く、一九七〇年代《ねんだい》から出版《しゅっぱん》してきた作品数は四十ほどにのぼります。生き生きとした語り口にひきこまれ、くすくす笑《わら》いながら読み進むうちに、最後《さいご》にはこんぐらかったパズルがぱたぱたっと解《と》けたときのような爽快《そうかい》な気分になれるのが、この作家の持《も》ち味《あじ》のひとつだと思います。

今回は、四つの短編《たんぺん》を、野口絵美《のぐちえみ》さんと二編《へん》ずつ訳《やく》すことになり、前半の二編《へん》『妖術使《ようじゅつつか》いの運命《うんめい》の車』『キャットとトニーノと魂泥棒《たましいどろぼう》』を私《わたし》、田中薫子《たなかかおるこ》が、後半の二編《へん》『キャロル・オニールの百番目の夢《ゆめ》』『見えないドラゴンにきけ』を野口絵美《のぐちえみ》さんが担当《たんとう》しました。また、二人で相談《そうだん》のうえ、「作者まえがき」は野口《のぐち》さんが訳《やく》し、この「訳者あとがき」は、私《わたし》が書くことになりました。

この本にはネコが一匹《ぴき》も出てこないのですが、クレストマンシーのシリーズでは、話の中でよくネコが大事《だいじ》な役割《やくわり》をにないます。そのため私《わたし》はシリーズのあとがきで、毎回何かしらネコについて書いてきました。

『クリストファーの魔法《まほう》の旅《たび》』の「作者あとがき」で、ダイアナ・ウィン・ジョーンズさん自身《じしん》も書いているように、彼女《かのじょ》が本を書くと、「本の中のできごとが本当になる」という現象《げんしょう》がかならずといっていいほど起《お》こるそうです。そして、その現象《げんしょう》が『クリストファー』を訳《やく》した私《わたし》にもうつってしまったのか、本の中に出てきたような白い子ネコを飼《か》う気はないか、と突然《とつぜん》たずねられたのに、返事《へんじ》をしないうちにその子ネコは急死《きゅうし》してしまいました……と、ここまでが『クリストファー』の「訳者あとがき」に書いたことでした。ところが、話はそれで終《お》わらなかったのです。昨年秋《さくねん》、またもや、子ネコを飼《か》ってくれないかと友人にたのまれました。なんと、またしても真っ白なネコで、生後一カ月くらいらしく、死《し》にかけていたところをとりあえず保護《ほご》したとのこと。もうこれは運命《うんめい》と思い、すぐにひきとりに行きました。今では、『クリストファーの魔《ま》法《ほう》の旅《たび》』に出てくる子ネコ同様《どうよう》、「一家のアイドル」になっています。

ちなみに、野口絵美《のぐちえみ》さんにも同様《どうよう》の現象《げんしょう》が起《お》こっていないかどうか聞いてみましたところ、『魔法使《まほうつか》いはだれだ』で起《お》きた事件《じけん》のように、しまっておいた靴《くつ》がどうしても見つからなかったことはある、とのことでした。魔法《まほう》かも？　とさわいだら、家族に「あんたがだらしないからでしょ」と笑《わら》われたそうですが。それと、今回『キャロル・オニールの百番目の夢《ゆめ》』を訳《やく》しているころ、また舞台《ぶたい》に立つことが決まったのだとか（野口《のぐち》さんは女優《じょゆう》でもあるのです）。キャロン、という名前の新人女優《しんじんじょゆう》の役《やく》だそうです！

野口絵美《のぐちえみ》さんという、ダイアナ・ウィン・ジョーンズの話を始《はじ》めるとつきない楽しいお仲間《なかま》を得《え》られたことに感謝《かんしゃ》しますとともに、いつもいつも楽しいイラストを描《か》いてくださる佐竹美保《さたけみほ》さんと、編集《へんしゅう》の上村令さんにいっぱい御礼申《おれいもう》し上《あ》げます。

二〇〇三年一月

田中薫子《たなかかおるこ》

【訳者】
田中薫子（たなかかおるこ）
1965年生まれ。子どものころ、ニューヨークとオーストラリアのシドニーで計五年半暮らす。慶應義塾大学理工学部物理学科卒。訳書に「力と運動」（東京書籍）「ぞうって、こまっちゃう」「じゃーん！」「時間だよ、アンドルー」「魔法使いの卵」「大魔法使いクレストマンシー　クリストファーの魔法の旅」「同　魔女と暮らせば」「マライアおばさん」「時の町の伝説」「花の魔法、白のドラゴン」（徳間書店）など。

野口絵美（のぐちえみ）
横浜生まれ。東京女子医科大学中退、早稲田大学第一文学部卒業。劇団テアトル・エコーで女優をしながら、翻訳の仕事にも打ち込んでいる。ビデオ等の吹き替え翻訳に「バンビ」「花嫁のパパ」など。書籍の翻訳に「すももの夏」「大魔法使いクレストマンシー　魔法使いはだれだ」「同　トニーノの歌う魔法」「七人の魔法使い」「呪われた首環の物語」（徳間書店）など。

【画家】
佐竹美保（さたけみほ）
富山県に生まれる。上京後、SF・ファンタジーの挿絵を描き始め、のちに児童書の世界へ。主な挿絵に「メニム一家の物語」シリーズ（講談社）、「虚空の旅人」（偕成社）、「シェーラひめのぼうけん」シリーズ（童心社）、「西の善き魔女」シリーズ（中央公論新社）、「ローワン」シリーズ（あすなろ書房）、「魔法使いの卵」「ハウルの動く城」シリーズ、「大魔法使いクレストマンシー」シリーズ（徳間書店）など。

【大魔法使いクレストマンシー外伝　魔法がいっぱい】
MIXED MAGICS
田中薫子・野口絵美共訳
WARLOCK AT THE WHEEL & STEALER OF SOULS :
translation © 2003 Kaoruko Tanaka
CAROL ONEIR'S HUNDRETH DREAM & THE SAGE OF THEARE :
translation © 2003 Emi Noguchi
佐竹美保絵 illustrations © 2003 Miho Satake
232p、19cm NDC933

大魔法使いクレストマンシー外伝　魔法がいっぱい
2003年3月31日　初版発行
2017年6月15日　5刷発行
訳者：田中薫子・野口絵美
画家：佐竹美保
装丁：鈴木ひろみ
フォーマット：前田浩志・横濱順美

発行人：平野健一
発行所：株式会社 徳間書店
〒105-8055 東京都港区芝大門2-2-1
TEL（048）451-5960（販売）（03）5403-4347（児童書編集）　振替00140-0-44392番
本文印刷：本郷印刷株式会社　カバー印刷：日経印刷株式会社
製本：大口製本印刷株式会社
Published by TOKUMA SHOTEN PUBLISHING CO., LTD. Tokyo, Japan.　Printed in Japan.
徳間書店の子どもの本のホームページ　http://www.tokuma.jp/kodomonohon/

ISBN978-4-19-861663-2

ダイアナ・ウィン・ジョーンズの代表連作

魔法使いはだれだ

野口絵美訳　佐竹美保絵

「このクラスに魔法使いがいる」なぞのメモに寄宿学校は大さわぎ。
魔法は厳しく禁じられているのに…。
続いて、魔法としか思えない事件が次々に起こりはじめる。
突如襲う鳥の群れ、夜中に講堂にふりそそぐ靴の山、
やがて「魔法使いにさらわれる」と書き残して失踪する子が出て、さわぎはエスカレート。
「魔法使いだ」と疑われた少女ナンたちは、
古くから伝わる助けを呼ぶ呪文を、唱えてみることにした。「クレストマンシー!」すると…?

クリストファーの魔法の旅

田中薫子訳　佐竹美保絵

クリストファーは幼いころから、別世界へ旅する力を持っていた。

クリストファーの強い魔力に気づいた伯父の魔術師ラルフは、それを利用し始める。

一方老クレストマンシーは、
クリストファーが自分の跡を継ぐ者であることを見抜き、城に引き取る。

だが、クリストファーが唯一心を許せるのは、別世界で出会った少女「女神」だけだった。

やがてクリストファーの力をめぐり、城は悪の軍勢の攻撃を受け…?

クレストマンシーの少年時代を描く。

魔女と暮らせば

田中薫子訳　佐竹美保絵

両親をなくしたグウェンドリンとキャットの姉弟は、
遠縁にあたるクレストマンシーの城にひきとられた。
だが、将来有望な魔女グウェンドリンは、城の暮らしがきゅうくつで我慢できず、
魔法でさまざまないやがらせをしたあげく姿を消してしまう。
代わりに現れた、姉にそっくりだが「別の世界から来た別人だ」と主張する少女を前に、
キャットは頭を抱える。やがて、グウェンドリンの野望の大きさが明らかになる事件が…?
ガーディアン賞受賞作。

トニーノの歌う魔法

野口絵美訳　佐竹美保絵

魔法の呪文作りで名高い二つの家が、反目しあうカプローナの町。
両家の魔法の力がなぜか弱まって、他国に侵略されそうな危機の中、
活路は失われた「天使の歌」をふたたび見出すことしかない。
だが大人たちは「危機は悪の大魔法使いのせいだ」というクレストマンシーの忠告にも耳を貸さず、
互いに魔法合戦をくり広げている。
そのとき、両家の子どもたちトニーノとアンジェリカが、
「呼び出しの魔法」に惑わされ、人形の家に囚われてしまい…?